TO

見えない星空に最後の恋が輝いている

白石さよ

TO文庫

目次

もうじき又夏がやってくる
新しい無限に広い夏がやってくる
そして
僕はやっぱり歩いてゆくだろう
新しい夏をむかえ　秋をむかえ　冬をむかえ
春をむかえ　更に新しい夏を期待して
すべての新しいことを知るために

谷川俊太郎「ネロ　——愛された小さな犬に」（詩集「二十億光年の孤独」）より

西日が女性の頬を照らしている。点字書架の傍らで脚立に腰掛けた彼女の膝には、一冊の詩集がのっている。

彼女は長い間、夕暮れの風が運んでくる木々のざわめきや町の音に耳を傾けていた。焦点を結ぶことのない黒い瞳は凪いだ海のように穏やかだ。

やがて空が薄明かりを残すだけになると、どこかの茂みで虫が鳴き始めた。今年初めて聞く虫の声だ。

新しい季節の訪れを知り、彼女が空を見上げてやわらかに微笑んだ。彼女には見えているのだろう。静かな瞳の中で、梢にかかる小さな星が若葉とともに揺れていた。

第一章

穂乃香《ほのか》が彼と出会ったのは、大学三年生になったばかりの、眠気を誘うようなうららかな春の午後だった。

その日、穂乃香にしては珍しく、普段はほとんど崩すことのない行動範囲を広げようとしていた。これまで一度も近づこうとも思わなかった宇宙と天体の世界――といっても距離にしてわずか二十メートル。大学図書館の蔵書エリアの話だ。

穂乃香が通う大学は都内の中心部から少し外れた場所にある。敷地はさほど広くないが、多種が絡み合う豊かな緑と点在する古い建築物が歴史の長さを物語っている。図書館もその一つだ。

図書館はてっぺんが時計台になっていて、学生たちからは「図書館」より「時計台」と呼ばれることの方が多い。クラシックな建築様式と壁に施されたレリーフが美しく、学校案内の表紙を飾ったりもする。ただし内部はドアの建て付けが悪かったり旧式のトイレはしょっちゅう故障するなど、古い建物なりの不便があるようだ。

そういうわけで大半の学生たちにとって図書館は専ら外から眺めるためのもので、空き時間には開放的な芝生広場で寝転ぶか、新しくてお洒落なカフェが入っている学生会館で賑やかに過ごす方が好まれた。こんな天気の良い春の昼下がりに図書館にいるのはよほどの本好きか、研究資料に埋もれるのが好きな理系学生ぐらいだろう。文学部の穂乃香は前者だ。

三限始業の予鈴が鳴り、昼休みを過ごしていた幾人かの学生たちが引き揚げていくと、蔵書室はほぼ無人になった。人文の書架から通路に顔を出した穂乃香は少しためらってから、そろそろと理系蔵書のエリアに進んでいった。

理系学部は大半が男子学生だ。どことなく薄暗い校舎の廊下には難解な名前のついた研究室が並び、振替授業でたまに女子が行くと、頭脳集団風の男子学生たちにじろじろ見られたりする。あまり男性と話したことがない穂乃香はそれが苦手で、よほどの用事でもない限りは近づかない。

図書館の蔵書室も同じで、入口すぐが人文、続く経済法律を緩衝地帯として、一番奥にある理系エリアは独特の排他的な空気を醸していた。

通路を進むと奥は意外に広くて明るかった。書架の横に貼ってある分類名の札は文系脳の穂乃香には回れ右したくなるような名前が続く。

奥まった窓辺にはリタイアした古い机を幾つか並べただけの小さな閲覧席があった。うっすら埃をかぶった机に、黄ばんだカーテンが春風に揺れながら日の光を落としている。とても居心地が良さそうだが利用者はあまりいないらしい。

穂乃香がここに来ようと思い立ったのは、星の写真を見たくなったからだった。小学生の頃、穂乃香が通っていた学校では毎年冬になると星空観察会が開かれた。町のプラネタリウム館から職員さんがやってきて、校庭に集まった児童たちにいろいろ解説をしたり望遠鏡を覗かせてくれたりする。夜の学校に集まるという禁断の香りのせいかもしれないが、毎年胸を躍らせたものだった。今になってそれをふと思い出したのだ。

目当ての「宇宙・天体」と書かれた書架は理系エリアの一番奥にあった。しかし見たところ本の表題は「相対論的宇宙論」や「天体物理学」というような堅苦しい名前ばかりで、星の図鑑などありそうな雰囲気ではない。

少々がっかりしたが、目を凝らして書架を見上げながら通路を進む。ところが少し先にある本に「オーロラ」という馴染みのある言葉を見つけ、もっとよく見ようと大きく踏み出した時だった。床にあった何か大きなものに躓《つまず》き、穂乃香は派手に転倒してしまった。

「きゃっ」

「うわっ」

かろうじて床に両手をつき顔面強打を回避した穂乃香の下で、いるはずのない誰かの声がした。その〝大きな何か〟は、床に座り込んで本を読んでいた男子学生だったのだ。

「ごめんなさい！」

無人だと思っていた通路に人がいただけでも驚くのに、しかもそれが男子で、こともあろうに下敷きにしてしまうとは。

とんでもない失態に穂乃香はすっかり動転してしまった。すぐさま起き上がり、バッグから床に飛び出した持ち物をかき集める。恥ずかしくてとても顔を上げられない。

「あの、ごめんなさい」

頭にあるのはとにかく早くこの場から消えることだけだった。床に座ったまま呆気にとられている男子学生に身体を二つ折りにする勢いで頭を下げると、穂乃香は後ろも見ずに逃げ出した。

裏口から図書館を出て、馴染みの校舎まで小走りに急ぐ。あの男子学生が追ってくるはずがないとわかってはいたが、恥ずかしさに追いまくられていた。

文学部校舎に着くと一目散にトイレに向かう。自分の姿を確認したくなるのはなぜだろう？

しかし鏡を覗き込んだ穂乃香はショックを受けた。子供の頃から赤面症に悩んできたが、こうして見ると想像以上にひどかった。首まで赤いとまるで茹《ゆ》で蛸《だこ》だ。自分が相手からこんな風に見えていたとわかり、穂乃香は余計に落ち込んだ。

走ったせいで全開になっていたおでこに前髪を元通りに引っ張り下ろしながら、たった今の出来事を恐々《こわごわ》検証する。相手の顔はほとんど見ていないが、ほんの一瞬の光景がストロボを浴びたあとの残像のように残っている。

ブルー系のギンガムチェックのシャツを着ていたと思う。とても整った顔立ちの人だった。それから……。

息切れする胸を手で押さえる。一息ごとに残像が散ってしまいそうな気がした。

当たった時に感じた男性の身体特有の骨太な感触は穂乃香には衝撃的で、それでいて嫌悪感があるわけでもなく、むしろ安心感に似たものがあった。そんな自分に混乱する。

しかし詳細を思い返せばまた落ち込むことになり、穂乃香はトイレの中で一人呻《うめ》いた。

考えても仕方ないじゃない。あの場所にさえ行かなければきっともう会うことはないし、向こうだってすぐに忘れるはず。

心臓はまだ忙しなく音を立てている。夕方になりアルバイト先に向かう頃になっても、それは完全には元通りになっていない気がした。


西島悠斗《にしじまゆうと》は呆気にとられていた。走り去る女子学生の後ろ姿は一瞬で消え、カーペット敷の床にパタパタと響く小さな靴音もすぐに聞こえなくなった。書架に挟まれた通路は無人で、突き当たりにある窓の白いカーテンがひらひら揺れているだけだ。

……今の子のスカートみたいだ。

難しい本と格闘していた悠斗を突然襲った出来事――しかも相手は女子だった――があまりに一瞬で終わってしまったので、そんな薄ら呆けたことを考えた。

しばらく彼女が消えた曲がり角を眺めていた悠斗は頭を掻き、膝の上の本に顔を戻したが、本はそこになかった。さきほどの衝突事故で、悠斗が読んでいた本は半メートルほど先に飛ばされていた。

申し訳ないことをした。床に座って読むのをやめなさいと、司書に注意されていたのに。何かがぶつかってきて顔を上げた瞬間に見た、彼女が倒れ込む光景がスローモーションのように悠斗の脳内で再生される。

（可愛い子だった）

悠斗の思考が少し脇道に逸《そ》れた。黒髪のおかっぱで、色が白くて、目が――ああいうのを黒目がちと言うのだろう。俯《うつむ》いた頬が真っ赤になっていたのが可愛らしかった。過去にどこかで見た気がするのだが、それがいつ、どこでなのかはわからない。スカートがめくれた拍子に見えてしまった真っ白な腿《もも》のことはなるべく考えないようにした。

スローモーションの再生が何度か終わると、再び後悔が始まった。一言ぐらい謝ればよかった。あの子、痛かったんじゃないだろうか。

次の四限がそろそろ近づいていることに気づき、悠斗はさきほど飛ばされた本を拾い上げた。リュックに仕舞おうとしたその手がふと止まる。自分が読んでいた本は薄い茶色の表紙だったのに、それはまるで違う本に変わっていた。自分の本ではなかったのだ。

それが詩集であることは悠斗にもすぐにわかった。中学の頃に日本文学史の授業で暗記させられたから、その有名な詩人の名前だけは知っている。思わず身震いが起きる。行間というものがわからないので、文学――とりわけ詩などはからきし駄目なのだ。第一志望の国立大を落ちたのはセンター試験の国語のせいだと今でも思っている。

『二十億光年の孤独』というタイトルのその本を開くと、表紙裏の右上に「佐々木蔵書」

という三センチ角ほどの印章が朱色で押してあった。さらにその下には神経質そうな小さな字で「平成十七年三月二十日　キリン堂書店にて」と書かれている。図書館蔵書ではなくどうやらさきほどの彼女の私物で、悠斗の本と入れ替わってしまったらしい。

悠斗は詩集を手に急いで立ち上がり、広い通路に出てみたが、走り去る足音は聞いていたから彼女がもういないことはわかっていた。リュックを肩に引っかけてカウンターがある玄関に向かう。

あいにくカウンターは出払っていて無人だった。しばらく待ってみたが、誰も戻ってくる気配がない。

ここに置いておけば拾得物として適当に計らってくれるだろう。

カウンターに目立つよう詩集を置き、悠斗は図書館を出て理学部校舎に続く小径《こみち》を歩き始めた。――が、理学部入口が見えてきたところでその足が止まった。後ろ髪を引かれるような気分に我慢できなくなったのだ。向きを変え、急ぎ足で図書館に戻る。

小さな詩集は元のまま、無人のカウンターにぽつりと座っていた。

悠斗はリュックの中からありあわせのプリントを探し出すと、裏に落とし物であることと日時と場所を書き付け、その上に詩集をのせた。

これでもう大丈夫だろうと思うのに、理学部に戻る道々、悠斗の頭の中でカウンターに残してきた詩集と一瞬だけ見た彼女の瞳が重なり、なかなか離れてくれなかった。

「いらっしゃいませ、ご注文をどうぞ」

チョコレート色のキャップを被った穂乃香が客の応対をする隣では、同じ格好をした友人の持田加奈子《もちだかなこ》が別の客のワッフルをせっせと箱詰めしている。駅コンコースに面したワッフル店は夕方の帰宅ラッシュ時が一番混雑する。

穂乃香がここでアルバイトを始めたのは二年前だ。大学生になりアルバイトを探していた時、同じ大学の友人である加奈子から誘われたのがきっかけだった。

『ワッフルを好きなだけ食べられるんだよ、きっと！』

加奈子の期待のように好きなだけ食べられるわけではなかったが、遅番の時は売れ残りをもらえる。だから閉店時刻が近くなると好きな味が売れないよう、つい念じてしまう。

「キャラメルりんご味を十個」

客の大量注文を聞いた加奈子が隣で笑いを噛み殺したのがわかった。穂乃香の大好きな味だからだ。

「十個とはつらいね」

「閉店でちょうどなくなっちゃう感じかなぁ。今日は諦めよう」

「今のうちに穂乃香のぶん一個取っとく？」

「駄目だって」

行列が途切れると二人のお喋りが始まる。といっても駅直結の店だけに、電車が到着する度に列ができる。列が捌《は》けたと思ったら次の電車が来るという具合だ。

「あ、来た来た。喋る暇ないじゃんね」

改札口から黒っぽい人の群れが流れ出てくるのを見て愚痴る加奈子に、穂乃香は苦笑を返した。

「ただいま期間限定、いちごミルク味がおすすめとなっておりまーす！」

数秒前まで文句を言っていたくせに、加奈子が人波に向かって大声で宣伝し始めた。穂乃香もやらねばと思うが、いつも蚊の鳴くような声しか出てこない。その度に加奈子に申し訳なく思う。

それでもこうして何とか接客アルバイトが務まっているのだから、昔よりはずっと進歩したのだ。

子供の頃から引っ込み思案で人見知りが激しかった。穂乃香もそんな自分が嫌で努力しているつもりなのに、毎年もらう小学校の通知表にはいつも内向的な性格を克服するよう書かれた。傍目《はため》には大した変化はなかったのだろう。

授業中、穂乃香の発表が聞こえないと先生に言われることはよくあったが、記憶に焼き付いている出来事がある。真っ赤な顔で精一杯喉を絞り言い直す穂乃香を見て、先生が「パクパクしてる魚みたいだね」と冗談を言い、クラス中が笑った。積極的になろうと勇気を出して手を挙げた結末がそれだった。

嫌だったのは、本好きであることと内向的な性格を関連づけられることだった。昼休みに本を読んでいると、必ずといっていいほど先生に眉をひそめられた。

『遊ぶ友達がいないの？』

いると答えると、先生は疑わしそうな顔をして名前を尋ねてくる。先生が理想とする友達の数に到底満たないことは知っていたから、いつも穂乃香は小さくなって答えていた。

それで済めばまだいい方で、多くの場合その夜、母からも同じ質問を受けた。学校から親に連絡が行ったのだろう。子供ながら自分が周囲の理想にそぐわないことを感じ、悲しかった。

そうした小さな出来事を経験するうちに穂乃香は自分を守るすべを身につけた。わかってもらいたい、認めてもらいたいとは思わないことだ。心の一番深い部分は誰にも見せずしまっておけば、否定されても致命傷は負わずに済む。

「ありがとうございました」

一つのワッフルを仲良く分けながら去っていく高校生のカップルを笑顔で見送る。

あれから大人になり、子供時代のことは今ではほろ苦く懐かしい思い出になった。当時だって日々泣いていたわけではない。それなりに毎日は楽しかった。それでももっと無邪気で周囲に愛される女の子に生まれついていたら、あんな風に彼氏ができたりして楽しい高校生活を送れたかもしれないなと、羨ましくはある。

「今の子、イッケメーン」

隣から聞こえた呟きに穂乃香は思わず噴き出した。

「かっこよかったね」

加奈子に調子を合わせたが、さほど興味があるわけでもない。二年も友達をやっていると加奈子にはそれがばれているようだ。

「また適当なこと言って！　穂乃香ったら、さっぱり男子に興味なさそうじゃん。彼氏いない歴どんどん更新しちゃうよ」

「だよね」

いつかは……と憧れはするものの、恋は穂乃香にとって遠いものだった。好きになった人が同じように自分のことを想ってくれるなんて、穂乃香には奇跡に思える。そもそも男子と赤面せずに話せないし、会話も続けられないのだから。今まで誰かに告白されたことは一度もないし、もちろん告白したこともない。

「気になる人とか、好きなタイプとかないの？」

加奈子に聞かれた時、なぜか昼間にぶつかった彼の顔が浮かんだ。心の中で振り払う。きっと今日関わった唯一の男子だからだ。

「清潔感があって、優しい人、かな」

適当に答えたら、なんだか彼のことに近くなってしまった気がしたが、加奈子は漠然とした返事に不満そうだ。

「芸能人とかで言ってよ。近いタイプ紹介するから」

「うーん……。あまりテレビ観ないからなぁ……」

「誰か見つけないと。そういえば夏合宿の募集がもうすぐ始まるよ。今年こそ穂乃香も行こうよ。文学部は男子が少ないんだから、出会いを作らないと」

夏合宿とは、加奈子と穂乃香が所属するテニスサークルのイベントだ。

大学に入った春、社交的にならねばと一念発起した時期があった。テニスサークルはその時に勢いで入部した。

しかしサークルに入って良かったことといえば加奈子と知り合えたことぐらいだ。運動神経が鈍いうえ大勢で騒ぐことも好きではない穂乃香にとって、サークルのどんちゃん騒ぎは苦役でしかない。最初の頃に数回練習に参加したのと新歓コンパに顔を出して以降はアルバイトを理由に幽霊部員化している。

「すっごく楽しいからおいでよ！　来年は就活だし今年が最後だよ。テニスが下手でもぜんっぜん大丈夫だから」

いやいや全然大丈夫じゃない。三年生になってラケットにボールが当たらないなんて恥ずかしすぎるではないか。

ラケットにボールを当てる。初対面の相手と打ち解ける。ノリに合わせて盛り上がる。みんなが軽々と、それも楽しんでやっていることが、穂乃香にはできない。しかしそれを変えたいと望んでいないし、人前にさらけ出されることが苦痛でもある。このことはきっと誰にもわからないのだ。親友の加奈子でさえも。

こういう時、本質はやはり子供の頃から変われていないのだなと実感する。大人になって進歩したのは社会的な役割上だけで、それも子供の頃と違い居場所を選べるようになったからだ。

「……うん、考えとく」

「絶対楽しいよ」

隣ではしゃぐ加奈子に、穂乃香は曖昧に笑い返した。


アルバイトを終えると、どこにも寄り道せず家路を急ぐ。錆びた小さな門扉を開けてポーチに入ると玄関左手の庭の茂みから「ニャー」と鳴き声が聞こえ、続いて茂みが揺れてキジトラ猫がのっそりと姿を現した。

「為五郎《ためごろう》、ただいま。遅くなっちゃってごめんね」

声をかけると猫はコワモテの見た目に似合わない甘え声で鳴き、穂乃香の脚に何度も身体をすり寄せる。穂乃香が三年前から世話をしている野良猫の為五郎だ。いつもこうして夕方になると庭の茂みに隠れて穂乃香が帰ってくるのを辛抱強く待っている。夏などは蚊もすごいのに毎日やってくるところを見ると、世話をしてくれる家は他にないのだろう。

「待っててね。今、ご飯あげるからね」

家にはすでに明かりが点いていて、玄関を開けると煮魚の匂いが漂っていた。土間には母の通勤用の靴が帰ってきている。

「お母さん、ただいま」

奥の台所に一声だけかけると、穂乃香は玄関に置いてあるキャットフードを持って外にとって返した。為五郎専用の小皿に餌を入れてやり、水も置いてやる。為五郎は空腹だったらしく、ぺろりと平らげるとしばらくポーチに座って毛繕いをし、それから穂乃香に一声挨拶をして、ゆっくりと夜の路地に出ていった。もうかなりの年寄り猫なのに、暑い日も寒い日もこうして縄張りのパトロールに出かけていく。明け方になると帰ってきて穂乃香が軒下に用意した段ボールハウスで丸くなっていることが多いが、気ままなので行動は一定しない。

家に入ると奥から機嫌の良さそうな母の声が聞こえた。

「おかえり。今日はお客さんが少なくて早く上がれたのよ」

祖父の代から受け継いだ築五十年の一軒家は今風の家に比べると間取りが狭く、台所はウナギの寝床のように細長い。〝キッチン〟という呼び名があまりにそぐわないので誰もそう呼ばないそこでは、母がせっせと青ネギを刻んでいる。

「セール品が売れ残ったからもらってきたの。得したわ」

鍋の蓋を取ると、ショウガの匂いのする湯気で視界が一瞬曇り、頬が湿った。玉手箱を開ける浦島太郎はこんな感じだったのかなと、子供の頃は鍋の蓋を取る度に想像したものだった。

浅い鍋の底には醤油と味醂《みりん》が染みた鯖が三切れ並んでいる。今日は母がもらったが、そうでなければ処分される運命だ。

「一生懸命大きくなったのに、安売りされて売れ残るなんて可哀想だね」

「穂乃香らしい感想だわね」

母が呆れ半分に笑った。

小さな頃から穂乃香は感受性の強い子だった。絵本を読む度に主人公から脇役、果ては魚や木にまで感情移入して泣くので、母は困っていたそうだ。

母が夕飯を仕上げている間に穂乃香は仏壇に供える小さな盆を用意した。

子供の頃は〝ご先祖様〟の意味がわからなかった。手を合わせる相手は漠然としていて、祀《まつ》られているうち唯一会ったことがあるはずの祖母ですら記憶ではなく古い写真の中にしか存在しなかった。しかし、今は違う。

仏間の祖父母の黄ばんだ遺影の隣には、まださほど古くない額が掛けられている。収まっているのは父だ。気難しい父らしく愛想笑いもない。まさかこんなに早く遺影が必要になるとは本人も周囲も思っていなかったから、慌ててそこらへんのスナップから切り抜いたような写真だ。

穂乃香が中学一年の冬、父が亡くなった。車の運転中の交通事故だった。几帳面で神経質で、〝うっかり〟なんて言葉とは無縁だった父がなぜ見通しの良い道路で壁に衝突したのかは、今もってわからない。相手のいない単独事故だったので、事故原因はただ前方不注意ということで処理された。

ともかく、専業主婦だった母は穂乃香と三歳年下の妹である瑞穂《みずほ》を一人で抱えることになった。

『あんな仕事だけど、お給料はそこそこいいのよ』

近所のスーパーで働き始めた母は自分に言い訳するように時々そんなことを言う。仕事はきつく、真冬でも氷水を使うため、母は冷えからくる腰痛に悩まされた。慣れるまでの数年間は古株のパート社員に始終怒鳴られていたようだ。

まだ中学生だった当時、家事を受け持っていた穂乃香が夕飯の買い物でそのスーパーに行った際、母のそんな姿を目撃して逃げ帰ったことがある。夜になって何食わぬ顔で帰宅した母にはとても言えなかった。元々辛抱強い性質だったが、その時から穂乃香はさらに弱音を吐かなくなった。

ただ、父を失った当時は必死だったせいか、これ以外はあまり細かいことを覚えていない。穂乃香の家が特別大変だったというわけではないだろうし、過ぎた今では当たり前に受け止めている。

仏壇に灯りを点《とも》してご飯と水を並べると、穂乃香は座布団の上で居住まいを正した。

父が亡くなって以来、仏壇の前ではいつも少し緊張する。黒く塗られた仏壇の奥には同じく黒い位牌があって、それをどけるとただ背板があるだけなのだろう。でも奥には何かがちゃんと存在し、穂乃香の行状を裁定しているような気がする。心の中まで見透かされているようなこの緊張は、遠い昔に別の場所で感じていたものに似ている。

過去の記憶を閉じて仏壇にもう一度手を合わせると、穂乃香は台所に戻りながら母に声をかけた。

「瑞穂は塾？」

「そうよ。遅くなるらしいわ。さ、先に食べよう食べよう」

母がいそいそと二人分の鯖を皿に取り分けている。母も空腹が限界らしい。父の死から七年が過ぎた今では瑞穂も高校生になり、家事はそれぞれの都合に合わせ三人持ち回りでやっている。今の母子三人暮らしはささやかながら平穏で幸せだ。

「あらあら」

穂乃香が台所の敷居で躓いたのを見て、母が笑った。

「鈍臭いのはお父さん譲りね。お父さんもそこの敷居でよく躓いてたわ。老眼になったんだって言い訳してたけどね」

「お父さんって老眼になるような歳だったっけ？」

「本の読みすぎなのよ。穂乃香も気をつけなさいよ」

高校の英語教師だった父は気難しく、いつも本を読んでいた。子供時代に遊んでもらった記憶はほとんどない。父との思い出といえば本屋に連れて行ってくれたことばかりだ。

夕飯を終えると、穂乃香は今日持ち歩いていた本を本棚に戻しておこうとバッグを探り始めた。父に買ってもらったうちの一冊で、懐かしくなると暇な時間に読み返している。

「あれ……？」

本がない。というより、バッグの中にあるはずの詩集はまったく別の本に変わっていた。『朗読者』というタイトルのその本を、穂乃香は狐につままれたような気分で眺めた。ドイツ文学のベストセラーで、穂乃香も以前に読んだことがある。しかし穂乃香はこの本を持っていない。

いったいなぜこれが……？

そこで穂乃香ははっとして青ざめた。昼間の衝突事故だ。手当たりしだいに持ち物をかき集めてバッグに突っ込んだ時、間違えてこの本を入れてしまったに違いない。図書館のバーコードがついていないところをみると私物で、あの彼のものだろうか。

本を手に途方に暮れる。どうしたら本を交換できるだろう？　名前も学部もわからない。わかるのは、火曜三限に図書館の天文書架にいたということだけだ。

本を開くと、ところどころでパリパリとページが離れる新品独特の音がした。持ち主より先にページを開いてしまうことが申し訳ないような気分になり本を閉じようとした穂乃香は、裏表紙に折りたたまれた紙が挟まっていることに気づいた。開いてみると天文に関する短い論文のようだったが、いたるところに手書きで注意が加えてある。

〝息継ぎ〟

〝二秒開けて強調〟

〝早口にならない〟

どうやら授業で発表する時の〝あんちょこ〟らしい。書かれている内容から発表が苦手で何とか克服しようとしていることがうかがえ、人前で喋ることが苦手な穂乃香には身につまされるものがあった。しばらくその紙を眺めたあと、穂乃香は元通り丁寧に折りたたみ、本に挿み込んだ。

翌日、授業は二限からであるにも拘《かか》わらず、穂乃香は朝一番に登校して図書館に向かった。昨日の書架の手前まで来ると一度立ち止まって前髪を直し、深呼吸してから例の通路に入る。

しかし通路には誰もいなかった。一限から図書館にいる学生などいないだろう。わかってはいたが、少しがっかりした。速くなっていた鼓動が勢いを失い、ゆっくりと元の速さに戻っていく。念のため自分の本が落ちていないか書架の下や隙間を覗いてみたが、どこにも見当たらなかった。

どこで紛失したのだろう？　父との思い出のものだったのに……。

途方に暮れて蔵書室を出た穂乃香はあまり期待もせずカウンターに立ち寄った。ところが、ここで問題の半分があっさり解決してしまった。

「ああ、谷川俊太郎の詩集ですね。届いていますよ」

心の中で父と本に謝っていた穂乃香はカウンター上に差し出された小さな文庫本を見て目が真っ赤になってしまった。

「ありがとうございます」

繰り返し何度も頭を下げて本を受け取ってから、穂乃香はあの彼の本をカウンターに託そうとしてためらった。裏表紙に挿まれた紙を思い出したのだ。あれは誰にも見られたくないものではないだろうか。

「あの、これを届けてくださった方のお名前はわかりますか？」

「あいにく誰もいない時にカウンターに置いていったみたいで、お名前は聞いてないのよ。でも理学部の子じゃないかな？　添えてあったメモに天文通路で拾得って書いてあったから」

「そうですか……」

図書館を出た穂乃香は罪悪感に苛《さいな》まれていた。『朗読者』はまだバッグの中にある。カウンターに託すべきだったのだろう。最初のタイミングを逃せば彼はもうカウンターに問い合わせることはしなくなるだろうし、彼の手元に戻すチャンスを逸してしまうのかもしれない。でも、この本とあの紙を自分の手から放すことができなかった。

もう一度会える確証はない。男性とまともに喋ることすらできない。なのになぜ、直接返したいなどと考えてしまったのだろう？

「珍しいね。西島が文庫本」

学食で悠斗がリュックの底に潜ったスマホを掘り出していると、背後から同じ理学部の三原恭平《みはらきょうへい》の声がした。三原はそう言うや否や机の上に仮置きしている悠斗の荷物から書店のカバーがかかった文庫本をつまみ上げた。どこかに隠れて様子を見ていたのではないかと疑いたくなるほど、いつも三原は嫌なタイミングで現れる。

悠斗が腕を伸ばし取り返そうとすると三原はそれをひょいとかわし、ペラペラと本をめくった。

「へえ、西島って詩集なんか読めるの？」

いつも嫌な奴だが、今日ほど強く思ったことはない。悠斗は黙って立ち上がり、三原の手からそれを引ったくった。

この詩集は拾い物でも借り物でもなく、悠斗の個人所有物だ。なぜ柄にもなく詩集なんかを持っているのかについては、悠斗自身も戸惑っている。

図書館で白いスカートの彼女が落としていった詩集をカウンターに届けたあとも、悠斗は落ち着かない気分で毎日を過ごしていた。

数日後に再び図書館のカウンターに行ってみたが、悠斗の本は届いてないという。しかし残念だとは思わなかった。元々手違いで買ってしまった本で、無理して読んでみたものの予想通り文芸書など悠斗にはまったく歯が立たなかったのだ。悠斗が届けた詩集はというと、無事に引き取られたという。それを聞いて悠斗はほっとした。

あの子、佐々木さんっていうのかな。詩集を読むってことは文学部なのかな。あの子が僕の本を持っているのかな。その方が本は幸せだろう。

しかし彼女に対する漠然とした興味はそれで片付くはずだったのに、そうはいかなかった。最近は個人情報のややこしい取り決めがあるのだろう。悠斗も尋ねてはいないが、持ち主がどこの学部であるとか、性別すらも司書は一切言ってくれなかった。ただ、司書がこんなことを言ったのだ。

『持ち主さん、ほっとしたみたいで涙ぐんでましたよ』

あんなことを聞いてしまったせいだ。だから彼女がなぜ涙ぐんだのか、彼女がどういう人なのか気になってしまい、完結できずにいるのだ。

そして自分でも頭がどうかしたのかと思うが、分不相応にも詩集なんてものを買ってしまった。彼女が持っていた本と同じものは見つけられず、同じ詩人の別の本を買った。無知がばれそうで、書店員には恥ずかしくて聞けなかったのだ。まあ彼女が持っていたものより分厚いからお得なはずだと、ざっくり納得する。

帰宅して自室のドアをきっちり閉めプライバシーを確保すると、悠斗はベッドに腰掛け勇んで詩集を開いた。

どうやらそれは詩人がこれまで数十年にわたって発表してきた数々の詩集からチョイスした、音楽で言えばベスト盤みたいなものらしく、目次には詩のタイトルと出典詩集名が延々と並んでいる。それですら頭が混乱してきたので、適当に開いたページの詩を読んでみることにした。

しかし小一時間ほど格闘した末、悠斗は詩集を脇にやり、ベッドにごろんと寝転んだ。

『わかんないなぁ……』

天井に向かって呟いた。意味がわかるようでわからない。というか、自分みたいな文学音痴の解釈が正解であるはずがないと思うと、わかったと思ってもそれでいいのか判断できない。固く閉ざされた高い門をおどおどしながら見上げているような気分だ。

でも、わかりたい。詩集を手繰り寄せ、仰向けのままもう一度眺める。その思いだけでは駄目なのだろうか？

「西島って行間とか侘び寂びとか理解できないタイプだと認識してたけど」

悠斗の回想は重石のような三原の台詞《せりふ》で現在に戻った。

三原とは緩やかな腐れ縁というのだろうか。同じ高校出身で顔見知り程度の間柄だったが、三原もどこかの国立大を落ちたようで、受験を終えてみれば同じ大学だった。そこまでならよくある程度だが、偶然ながらテニスサークルまで同じになってしまった。以来、三原とは何かと絡むことが多い。

高校時代に同じクラスになったことは一度しかないのに、〝お前のことは何でも知っている〟とでも言いたげな三原の態度が悠斗は煙たくて仕方がない。しかし三原は悠斗の迷惑顔などお構いなしだ。今も断りもなしに悠斗の隣の席に腰掛け、手にさげていたコンビニ袋を開き始めた。

「なんでこんなの無理して読んでんの？」

「うるさいな」

「女の子？」

「……違うよ」

「西島が天文学専攻っていうの、言わない方がいいよ」

三原は悠斗の嘘を無視して、悠斗の手痛い過去をさらりと当てこすった。

高校時代、悠斗に初めて彼女ができた。しかし悠斗が天体望遠鏡を持っていることを語った途端、天体オタクのレッテルを貼られ、振られてしまった。さらにはUFOマニアという事実とは異なる尾ひれまでつけて彼女は友人に語ったようだ。告白してきたのは向こうなのに勝手なものだが、天文学が世間でそういうイメージを持たれがちなのはわかっている。

それもあって、現在の悠斗は学部を一歩出ると中庸の皮を被っている。元々交友関係は事なかれ主義だった。天文学の面白さをもっと知ってほしいとは思うものの、嘲笑される危険を冒してまで声高に布教したいとは思わないし、スピーチ下手な自分は解説者には向いていない。

それはともかく、三原の専攻であるバイオは天文学のようにオタク呼ばわりされることはなく世間受けも良いのだから不条理なものだ。三原と就職先が別になるであろうことだけはありがたいが。

「天文学だって科学の発展に必要なんだよ」

「別に俺は天文学を否定してないよ」

三原が隣で菓子パンを食べ始めた。この調子だと当分立ち去る気はないのだろう。悠斗は学食の壁時計を見上げて溜息をついた。

あと二十分で予鈴が鳴る。もうすぐこの一週間それとなく意識していた火曜三限――あの子と会えた時間だ。


〝宇宙物理学〟

〝電磁圏物理学〟

ちょうどその頃、書架に並ぶ本のタイトルを見上げる穂乃香も溜息をついていた。天文学と物理学は切っても切れない関係のようだ。高校の基礎的な物理でも歯が立たなかった穂乃香には、こんなことを研究しようと思う人たちがいることが信じられなかった。

あれから穂乃香は毎日図書館に通っている。元々毎日通っていたのだが、これまでと違うのは勇気を出して理系エリアに入り、天文の通路に立ち寄ることだった。

今日でちょうど一週間。何度も来ているのに、あの彼はまったく姿を見せない。やはりカウンターに託すべきだったのだろうか。

誰もいない通路で本のタイトルを眺めながら、もし彼が現れたら何と言って声をかけるか考える。自分の服装がおかしくないか気になり、落ち着きなく襟元をいじってみたりする。この一週間、こればかり繰り返してきたが、普通の女の子ならもっと軽やかに対処できるのだろう。そもそもカウンターに預けるべき他人の私物をこうして持っているなんて……。そう考えると余計に腰が引けてきた。こんな気合いで本を返されたら、自分が逆の立場なら気味が悪い。

遅すぎてもいい、やっぱりカウンターに預けよう。

そう決めて帰ろうとした時、誰かの足音が近づいてくるのが聞こえた。その足音が止まるのと、穂乃香が顔を上げたのは同時だった。

「…………」

咄嗟《とっさ》に何も言えなかった。通路に入ったところで立ち止まっているのは背が高く、チノパンにシャツ――ブルーのギンガムではなく今日は白いシャツだ――を着ていて、そして穂乃香の記憶通り優しげで整った顔立ちの男子学生だった。穂乃香を覚えてくれているのか、彼も驚いた表情を浮かべている。自分の顔が早くも赤くなっているのがわかった。何か言わなければと焦るほどひどくなっていく。

「あの、先週、ほ、本を届けてくださった方でしょうか？」

「あ……はい」

目を見て喋り続ける勇気がなく、穂乃香は彼の白いシャツに視線を落とした。

「届けてくださってありがとうございます。本当に大切な本で、あの、すごく、あの……」

短い台詞なのに着地点を見失ってしまい、行き詰まった穂乃香は深々とお辞儀をした。

対人スキルのなさがつくづく情けない。

「良かった。無事に戻って」

　しかし窮地に陥った穂乃香の耳に届いたのは、温もりのあるのんびりとした声だった。自分が茹で蛸になっているのも忘れて顔を上げると、彼は少しはにかんだ笑顔を見せた。

「あっ、それであの、これ……」

　一瞬彼の表情に見惚れてしまったあと、穂乃香は慌ててバッグから彼の本を取り出した。

「あの時私が間違えてしまって、謝りたくて、直接返そうと思ったら遅くなってしまって、ごめんなさい」

　差し出した本が彼の手に移る。肩の荷を下ろしたような安堵と同時に、名残惜しいような気分になる。

「ありがとう。そんなに気にしなくてよかったのに。僕の方こそ先週はごめんね。僕が床で読んでたからあんなことに」

「いえ、本当にごめんなさい」

　彼はとても優しい喋り方をする人だった。しかし彼に直接本を返してお礼を言うという大きなミッションを終えた穂乃香は緊張が振り切れ、早くこの場をまとめて逃げ出したくなっていた。

「あの、お礼が言えて嬉しかったです。ありがとうございました」

「あっ……」

　頭を下げて背中を向けようとした時、彼が小さく叫び声を漏らしたのが聞こえた。顔を上げると、少し顔を赤くした彼と目が合った。本の裏表紙にあの紙が挟まっていることにたった今気づいたらしい。

「あ、あの……。私もそういうの、作ります。もっとすごいのを」

彼がいよいよ決まり悪そうな顔になったのを見て、穂乃香は自分が失言したと悟った。見たことをわざわざ言わなくてよかったのだ。

「あの……、もっとすごいのを」

焦った穂乃香が破れかぶれに繰り返すと、彼は決まり悪そうな顔のまま噴き出した。

「ありがとう」

「いえ。その紙がなくて困らなかったかなって気になってました」

「うん。この次の四限がゼミなんだけど、先週の発表はボロボロだった」

彼が笑っているので穂乃香も謝りながらつられて笑った。でももっと喋っていたいのに、このくすぐったさにこれ以上耐えられそうにない。

「あの、じゃあこれで。ゼミ頑張ってください」

「……あ！　佐々木さん、でいいのかな」

真っ赤な顔を早く隠そうと背を向けたが、彼に呼び止められて振り返る。

「はい」

「僕、理学部三年の西島悠斗といいます」

「あ、あの、文学部三年の佐々木穂乃香です」

驚きと嬉しさでどう反応していいのかわからない。笑えているのか自分でも疑わしい笑顔を必死で作ると穂乃香は一礼し、失敗しないうちに今度こそと向きを変えた。

前回みたいに走らないよう気をつけたせいで競歩みたいな歩き方になる。このあとは人文エリアで何か読もうと思っていたのに、勢いでそのまま図書館を出てきてしまった。

私、おかしくなかったかな。彼との問答を繰り返し思い浮かべ、あそこであぁ言えば良かった、もう少しこうすれば良かったと反省点を並べ続ける。

先週と同じく今日も天気は良く、図書館の上に広がる空は目に痛いほど青い。薄く伸ばした脱脂綿のような白い雲が溶けてしまいそうだ。

頬を冷ますように風に向かい、時計台を見上げた。文字盤のアラビア数字、クリーム色の壁に赤い屋根瓦、アーチ型の窓。真っ青な空を背景にしたそれらはどこをとっても絶妙なバランスに思えた。うちの大学の時計台は日本一素敵ではないだろうか。

しばらくすると目が痛くなってきたので空を見上げるのをやめ、正門へ続く小道を歩き始めた。二年生までハイペースで単位を取得してきたので三年生の今はゆとりがあり、火曜の午後は図書館でゆっくりしたあとバイトを入れるか、そうでなければボランティアを入れることにしている。

ニシジマユウト。歩く道々、今聞いた名前を口の中で復唱する。振り返ると芝生広場の向こうに図書館が見えた。パームツリーの陰になっている窓はたしか天文の通路に一番近いはずだ。この一週間抱え続けたミッションを終えてほっとしているのに、もうあそこに行く理由がなくなったことが残念でもあった。

その日の夕方、穂乃香は図書館で絵本を読んでいた。今度は大学図書館ではなく、穂乃香が住む町の市立図書館だ。ここで穂乃香は子供たちへの読み聞かせボランティアに参加している。

今日、穂乃香が選んだのは『かぜはどこへいくの』という外国の作家の絵本だ。楽しく一日を過ごした男の子が寝床に入る前、昼はどうしておしまいになってしまうのかを母親に尋ねる問答で始まる。

「『よるがはじめられるようによ』と、お母さんは言って、『ほら、みてごらん』と、窓の外を――」

「いた！」「木の前にいる！」

穂乃香の声を遮り、児童室に集まった子供たちが我先にと叫び出す。子供たちは各ページの挿絵の中にいる猫を指《さ》しているのだ。淡いモノクロの挿絵の中に、あるページでは堂々と、あるページでは物陰にこっそりと猫がいる。それを一番に指さそうと子供たちは待ち構えていて、穂乃香の朗読はほとんど聞いていない。でも穂乃香はこの本を子供たちに読んであげるのが大好きだ。

昼の終わりは夜の始まりで、飛んでいったタンポポの綿毛はどこか知らない誰かの庭でまた新しく花を咲かせる。男の子と母親の問答は優しい輪廻を示しているが、大半の子供たちは内容そっちのけで猫探しに夢中だ。

『みちは、ずっといって、みえなくなったら、どこへいくの？』と男の子が問いかけるページはわりと静かに読むことができる。そのページは誰も猫を見つけられないのだ。

「『そのまた向こうで、別の子がみていて、あ、あそこから道が始まったなって思うのよ』」

ふわりとした挿絵と同じく、一つ一つの言葉とリズムがとても優しい。子供たちの耳にそれが染み込むといいなと願って読む。

散々中断させられながら絵本を読み終えると、いつもの「もっと」が始まる。

「穂乃香お姉ちゃん、もっと！」

「次は何にしようか？」

「同じの」「別の！」

耳がおかしくなりそうな騒ぎの末、結局両方の願いを聞き入れる羽目になるのはいつものことだ。

「穂乃香お姉ちゃん、今日はなんだか楽しそうだね」

読み聞かせの時間が終わった時、子供たちのうちの一人がこんなことを言い出した。

「いつも楽しいよ」

「今日は目がきらきらしてるよ」

「そうかな」

　何となくごまかしながら赤くなってしまった。理由が思い当たらないわけではない。穂乃香の脳裏に白いシャツが浮かんだ。あんな小さな出来事に子供から見てもわかるほど心を躍らせてしまう自分に戸惑う。なのに顔は勝手に反応する。

「お姉ちゃん、真っ赤だぁ！」

「タコみたい」

　最大の悩みをぐさりと突くのだから、子供というものは容赦がない。

「ほらほら、お母さんが来てるよ！」

　迎えの母親たちに子供たちを引き渡すと、穂乃香は苦笑いした。ボランティアをするよりバイトを入れた方がお小遣いは増えるし、家に入れるお金を増やせるかもしれない。でもここに来るのが大好きなのだ。

「穂乃香ちゃん、目が辛《つら》いの？　合間に何回か目を押さえてたでしょ」

　帰り支度をしていると、ベテランの司書が声をかけてきた。

「最近すぐ目が疲れちゃうんです。ドライアイかなって思ったんですけど、目が乾くっていうのとは違う気もするし、なんだろう」

「眼科に行った方がいいわよ」

「視力はいいんですよ。学校で引っかかったことないし」

「学校の視力検査じゃわからない病気、多いわよ。若い人でも緑内障になったりするんだから。早めに見つかれば失明は防げるから、ちゃんと行くのよ」

「はぁい」

「目は大事だからね！　本が読めなくなっちゃうわよ」

「オーバーなんだから」

　生返事で笑っていた穂乃香だったが、その週の土曜日はちょうどバイトが休みだったので眼科に行くことにした。司書の忠告を真に受けたわけではなく、ドラッグストアで目薬を買うより病院の方が的確なものをもらえるだろうという、それだけの理由だった。

　しかし診察前の待合室で穂乃香は早くも後悔していた。花粉症のピークはまだ過ぎておらず、待合室は患者でごった返している。九時過ぎに来たのに、時計の針はもう十二時を指そうとしている。受付後すぐに視力検査と眼圧測定は受けたが、それ以降は呼ばれる気配がない。時間潰し用に持参した文庫本に栞を挟み、溜息をついて目を閉じる。目が疲れてしまって集中できないのだ。

　待ち時間が三時間を過ぎた頃、ようやく名前を呼ばれた。中待合でさらに少し待ち、診察室に入る。診察室は暗室のように照明が落とされていて、医師や診察用の椅子を示してくれるのは背後のカーテンから入る中待合の明かりと医師の前にあるパソコンのディスプレイの光だけだ。

「今日はどうされました？」

「最近、目の疲れが気になって」

　大勢の患者を捌いていると、いちいち顔を見て迎える余裕はないのだろう。医師がパソコンに何か入力しながら画面を見たまま淡々と尋ねる。まだ待合室で待っている患者が大勢いることを知っている穂乃香も、気が引けて自ずと簡単な説明になった。

「ちょっと眩しいですよ。まっすぐ正面を見ていてください」

ここで初めて医師はこちらを向き、ペンライトのようなもので穂乃香の右目に光を当てた。そこで何秒か、妙な間が空いた。

「……上を見て。……右斜め上。……右。……右斜め下」

何か悪いのかと穂乃香が聞こうとした時医師が平坦な声で指示を出し始めたので、質問は引っ込めた。慣れない動作に戸惑いながら指示に従う。眼球をぐるりと一周させると、続いて左目。今度は上手に動かしてみせたが、ライトを消した医師は無表情だった。

「夜、物が見えにくいことは？」

「えーと……見えませんが……？」

暗いところで物が見えないのは誰でも当たり前の話だ。穂乃香が口ごもっている間に、質問は次に進んだ。

「物が歪んで見えることは？」

「ないです」

「よく物にぶつかったり躓いたりするということは？」

「あ……はい。あります」

記憶に新しいのは図書館で西島悠斗に躓いたことだ。でもあれは単に不注意のせいだと思うが、質問が矢継ぎ早なので考える暇がない。

「動体視力が落ちたと感じることは？」

「えーと……ないと思います」

質問内容はばらばらで、疲れ目の症状でなぜこんなことを聞かれているのかもわからない。

「ご家族ご親戚で失明した方は？」

「いません」

質問を終えると、医師はまたパソコンに向かって何か入力し始めた。その横顔が告げる。

「精密検査をしてみないと断定できませんが、深刻な病気の可能性があります」

「………」

一瞬どくっと心臓が嫌な音を立てたが、すぐに穂乃香は考えた。図書館の司書もそう言っていた。みんなとりあえず最悪のケースを口にするものなのだ。母が人間ドックで引っかかっても、結局再検査すると〝異常なし〟という結果で済むみたいに。よく母は「ちょっとしたことでも全部引っかけるんだから！」と愚痴っている。

会計では精密検査の予約を取るよう言われたが、まだバイトのシフトが出ていないので後日電話で予約すると答え、病院を出た。

結局、疲れ目という診断にはならなかったので処方箋は出ていない。くたびれもうけの気分だ。ドラッグストアに寄ると、四百円も出せば結構良さそうな目薬が買えた。清涼剤が入っていて、しばらく目が生き返ったようになった。これで十分だ。いつかは精密検査を受けた方がいいのかもしれないけど、バイトもボランティアもあるからなぁ……。

この時、穂乃香にとって失明というものはテレビや小説の中でだけ見かけるような遠い話だった。そんなことが自分の身に起きるはずがない、と。

翌週の火曜三限、穂乃香はいつも通り図書館にいた。もう本を返すミッションは終わったはずなのに、あの通路が気になって仕方がない。人文の書架で本を選ぼうとしても、いつのまにかぼんやりと天井の向こうの方を意識している。

偶然なんてそんなに都合良く続くはずがない。行ったってきっと彼はいないだろう。なら、行ってみてもいいんじゃないかな。だってほら、最初に探していた星の写真、まだ見つけてないじゃない。

ところが都合のいい偶然は待っていた。

「……あ」

天文の通路に入ったところで穂乃香は驚いて立ち止まった。あの彼がいたのだ。今日は床に座っていなかったが、彼の足元には黒いリュックが無造作に置かれている。

彼の方も穂乃香に気づいたようだ。

「こ、こんにちは」

学内でこんな堅苦しい挨拶があるだろうかと自分でも思ったが、他に何を言えばいいのかわからず、穂乃香はぎこちなく挨拶した。

「こんにちは」

彼も同じように返し、笑顔を見せた。穂乃香も慌てて笑顔を作ったが、顔が赤くなるところを見られるとまずいのですぐに書架の方を向く。

昔、男子と喋ると顔が赤くなってしまうせいで、よく周囲に囃《はや》された。相合傘を書かれ、相手の男子が怒って塗り潰したこともあった。ちょっといいなと想っていた男子だったから、悲しかった思い出だ。

しかし今はもっと状況が悪い。もう用は済んだのにまたここに来てしまい、その上顔を赤くなんかしたら彼を意識していることがばれてしまう。かといって顔を見た途端に回れ右するのも同じ結果になりそうだ。進退窮まった穂乃香は本選びに集中しているふりをした。

しばらく続く沈黙の間、彼が先に立ち去ってくれるよう穂乃香は必死に念じていた。下手に本を手に取ると墓穴を掘ってしまうし、文学部の人間が天体物理学の背表紙を眺めていること自体、すでに不自然なのだから。

「何か探してるの？」

じっと背表紙を睨んでばかりの穂乃香を手助けしようと思ったのか、彼が横から話しかけてきた。

「あ、あの……。実はその、宇宙のことは何もわからないんですけど、その……」

情けないほどしどろもどろなのに、見上げると彼はとても真面目な顔で聞いていた。穂乃香の中で錠前が一つ外れるように、ふと心が軽くなった。

「星の写真が見たいなって思ったんです。ここにはそんな子供向けみたいなもの、ないのかな」

「あるよ、たくさん」

星の写真と聞くと、彼は途端に嬉しそうな顔になった。

「どの星がいいとかある？　あ、そんなマニアックじゃないか」

「えーと……オリオン座しか知らないんだけど、あの三ツ星が見たいです」

それを聞くと彼はすぐに屈み、棚の低い位置から大判のファイルを迷うことなく選び出した。ファイル名は中身を推測し難い英数字ばかりだ。彼にとってはいとも簡単なことなんだなと、穂乃香は感心して見守っていた。

彼は周囲を見回し、少し遠慮がちに窓辺の小さな閲覧席を指さした。

「ええと……。よかったら、あそこで見る？」

「はい」

穂乃香が頷くと彼はまた笑顔を見せ、先に立って歩き始めた。背後から彼をこっそり観察する。身長は穂乃香より二十センチほど高いだろうか。前を行く彼のシャツからはかすかに洗剤の香りがした。

　向かい合って座り、ファイルを置くと、机にたまった埃が日の光を受けてふわりと舞った。

「あ、ごめん。埃が」

「ううん、平気」

　ほぼ初対面の二人のぎこちない会話を、ページをめくる音が繋ぐ。

「オリオン座だよね。ちょっと待って……どこらへんだったかな」

「あの、に、西島君は天文学専攻ってことでいいの？」

「えーと……うん、まあ、そうだよ」

　彼の返事はなぜか少し歯切れが悪かったが、穂乃香は初めて名前を呼びかけたのに口がもつれたことに落ち込み、それどころではなかった。目的の夜空の写真が見つかると、火照った頬で覗き込む。

「わぁ……綺麗」

　高感度カメラで撮られた夜空は肉眼で見るそれとは違い、無数の星で埋め尽くされている。

「オリオン座はこれと、これと、あとここが三ツ星」

　ひときわ大きな光の点を彼の指が結んでいく。せっかく彼が星の写真を見せてくれているのに、穂乃香は彼の手ばかりを見てしまう自分に困っていた。心臓も騒がしく音を立てている。最近、穂乃香の心臓はそれまでのペースを忘れたみたいに、すぐにおかしくなる気がする。

「このベテルギウスは冬の大三角形の一つだよ。ちょっと赤っぽく見えるやつ」

「あ、小学校で習ったの、なんとなく思い出した」

「これがリゲル。これも有名だよね」

「三ツ星にも名前はついてるの？」

「うん。左からアルニタク、アルニラム、ミンタカ」

「最後だけ兄弟じゃないみたい」

もう少し賢いことを言いたいのに、知識がないせいで単純な感想しか出てこない。でも彼は呆れる風でもなく、嬉しそうに話を続けた。

「じゃあ三ツ星の中で地球から一番遠い星はどれだと思う？」

「えーと……名前が仲間はずれだから、ミンタカ？」

「真ん中のアルニラムだよ。ミンタカとアルニタクはどっちも七百光年前後だけど、アルニラムはその倍以上、二千光年近く地球から離れてるんだ」

「そんなに違うの？　すごく綺麗に並んで見えるのに」

「星座って地球からの見かけ上の形を結んだものだからね。倍以上離れていても同じ大きさに見えるのはどうしてだかわかる？」

「ええと……それだけ大きいってこと？」

「そう。アルニラムは、実はオリオン座の中で一番大きい恒星なんだよ。だけどアルニラムは強烈な恒星風のせいで質量を失いつつあって、一年間に太陽質量の――」

彼は星のことを語るのがとても好きらしく、どんどん説明が加えられていく。説明はややマニアックになっていったが、彼が楽しそうなのでこちらも同じ気分になる。

ところが彼は急に説明を止めた。

「ごめん。うざかったよね」

「ううん、すごく面白いよ。私、いい質問できないけど、聞いてるだけで楽しい」

顔を上げたら互いに本を覗き込んでいる至近距離で目が合ったので、穂乃香は慌てて視線を伏せた。梅雨の晴れ間の日差しを受けた彼の前髪とやわらかな眼差しが瞼《まぶた》に焼き付いている。心臓の音が彼に聞こえてしまいそうな気がして、穂乃香は熱心に星の写真を見ているふりをしながら何を言うか必死で考えた。

「天文学って、あんな難しいことも必要なんだね」

穂乃香はそう言って物理学の本が並ぶ天文の書架を指さした。

「本格的にやろうと思えばね。でもそこまで難しくはないよ」

「ううん、すごいと思う。私には絶対にできない。数学も物理も全然駄目だし」

「僕は国語ができる人の方が羨ましいよ。僕は全然駄目なんだ」

「『朗読者』を読んでるのに？　結構難しい内容だと思うけど」

「いや……あの本は、実はちょっと手違いで買ったというか……」

「何と間違えたの？」

穂乃香が聞き返すと、彼は苦笑した。

「スピーチのハウツー本を買いたかったんだけど、あまり本屋に行ったことがないから、どう探していいのかわからなかったんだ。店頭の端末で検索したらあれが出てきて、場所がわからないって店員に言ったら持ってきてくれて、一目で『あ、違う』とは思ったんだけど言えずにそのままレジに」

それを聞いて穂乃香は思わず声を上げて笑ってしまった。

「佐々木さんもああいう台本作るの？」

「うん。私は緊張すると声が出なくなるし、つっかえちゃう。でも図書館で子供たちに読み聞かせボランティアやってるんだけど、その時だけはちゃんと声が出るの」

「へえ、ボランティア？」

「うん」

耳を傾けてくれる優しい雰囲気のせいか、最初の緊張が解けると自分でも驚くほど自然に言葉が出てくる。

「初回はつっかえてばかりで泣きたくなったんだけど、それでも子供たちが大喜びで聴いてくれたの。それがすごく嬉しくて、今でも続けてる」

その時三限終了を告げるチャイムが鳴り始めた。「あ」と小さく声を漏らして彼が壁時計を見上げたので、彼は次がゼミだということを穂乃香は思い出した。魔法が解けたような気分になる。

「あの、ごめんなさい。勉強の邪魔しちゃって」

「いや、この時間はいつも空いてるんだ」

書架にファイルを戻し、向かい合って立つ二人の間にぎこちない沈黙が落ちる。すると彼がためらいがちに切り出した。

「僕も教えてもらいたいことがあるんだけど……。国語っていうか、あの詩集なんだけど」

「あの詩集って、私が落とした本？」

「うん」

「私でわかることなら」

消えた魔法がまたかかり始め、一秒先がわからない緊張で胸が跳ねている。

「いいの？」

「うん。私、素人だけど」

「じゃあ……来週のこの時間は？　またここでってことでいいかな」

「うん、大丈夫」

たったこれだけの約束なのに嬉しくて、穂乃香は二人並んで図書館を出るまでの間、彼の隣で身体が勝手に走り出してしまいそうになるのをこらえていた。

翌週、あまり早めに行くのも張り切っているようでみっともないので、穂乃香はきっちり五分前にあの席に向かった。今日着てきたのは、少ない手持ちの服からかなり迷って決めたワンピースだ。数日前にドラッグストアで初めて買ったマスカラをつけてきたが、慣れていないのでまつげが気になって仕方がない。一応机の上に本を開いているが、全然読んでいなかった。

「遅くなってごめん！」

　三限のチャイムから二十分ほど過ぎた頃、バタバタと走ってくる音がして、彼がやってきた。

「大丈夫、そんなに待ってないよ」

　かなり走ってきたらしい彼の様子に穂乃香の表情が緩んだ。大丈夫と言いつつ、実はその場限りの軽い口約束を本気にしてしまったのかと悲観的になっていたところだ。

「ええと……ちょっと待って」

　正面の席に腰掛けた彼はしばらくリュックを探ったあと、二冊の文庫本を取り出した。

　一つは『朗読者』、もう一つは谷川俊太郎の詩集だ。

「その詩集、私のより新しい本だね。買おうかなって迷ってたの」

　穂乃香が持参したのは二人が出会うきっかけになった古い本だったが、彼の本はそれとは異なる新しい編集版だ。

「これは西島君の本？　持ってたの？」

「いや……。実はこの間買ったんだけど」

彼は恥ずかしそうだったが、穂乃香は驚きとともに内心感激していた。

穂乃香は自分が好きな本を友人にもあまり言わない。本の好みはその人の深層を表している気がするからだ。詩集などは微妙な顔をされる事が多く、その度に自身まで否定されたような気分になるので、何を読むのか聞かれた時は無難に流行りものを挙げておく。

だから彼が穂乃香の好きな本に興味を持ってくれたことが嬉しかった。彼の率直さ、純粋さが眩しかった。

「国語が好きじゃないっていうより、仲間に入れてもらえない感じかな。小学生の時、読書感想文を読み上げる授業があってね。内容も読み方も幼稚園レベルだ、君には本がもったいないって先生に言われて、クラス中から笑われたことがあってさ。以来、元々苦手だった国語も朗読もさらに苦手になった。それぐらいのことで情けないんだけど」

「それ、すごくわかる。子供の頃の体験って強烈に残るよね」

自分の小学校時代を思い出し、穂乃香は実感を込めて頷いた。

彼の詩集を開いてみる。まださほど読み込んでいないようだったが、ところどころに長く開いたような箇所があった。

「全部は読めてないんだ。自分の解釈で合ってるのかもわからなくて、途方に暮れたというか。本がもったいないって言われたのも仕方ないかなって」

「この本は幸せだと思うよ」

穂乃香がそう言うと、彼は怪訝そうな顔をした。

「わかりたいって思って読んでもらえることが本にとって一番幸せなんじゃないかな」

「それでいいのかな」

「うん、そうだよ」

本との付き合い方は人それぞれだが、自分の物差しに合わなければ「価値がない」と広言する人は多い。そんな意見を目にする度、人の乱暴さが虚しくなる。

「私だってこの本の半分以上、ちゃんとわかってないと思う」

「そうなの？　文学部なのに？」

「うん。解釈はお手本と違っててもいいし、面白いなって思えるものが一つでもあったら最初は十分だと思う。ごめんね、答えになってないけど」

「いや。なんか気が楽になった。……よし！」

何の〝よし〟なのか、彼は笑顔でその本を手に取り撫で回した。

「どの詩を読んだの？」

「意味わかったのはオナラのやつ」

「ああ、あれ」

穂乃香が笑い出すと彼も笑った。おならうた、という楽しい詩だ。

「あれはそのまんまの意味でいいのかな」

「私、そう思ってるよ」

「あそこに壮大な哲学なんか隠されてないよな？」

「ないと思ってたけど……。え、あるのかな」

「文学部と同じレベルで安心した」

彼の笑顔は屈託がない。見ていると訳もなく穂乃香まで笑ってしまう。

「その本に『一本のこうもり傘』って入ってる？　私、あの詩も好きなの」

「ええと……ないみたいだ。どんな詩？」

「私の本にあるよ」

穂乃香がそのページを開いて見せると、悠斗はしばらく真剣な表情で覗き込んでいたが、そのまま石のように固まってしまった。

「いいよ、無理しないで」

彼の反応に笑ってしまう。同意してもらえなかったのに全然へこまずにいられる自分が意外だった。

「『朗読者』だけど、本が入れ替わった時は実はリタイアしかけてたんだよね。でもあれから最後まで読んだよ」

「どうだった？」

「うーん……。僕にはやっぱり難しかった。ハンナに出会わなかったら主人公は違う人生を歩めていたのに、って残念でさ。それに革ベルトで顔を打つなんて、ハンナが異常に思えるんだけど」

「そうだね」

彼の率直な感想に同意する。

「そういう行動も彼女の過去に関係してるんだと思う。確かにハンナと出会わなかったら主人公はあんな影を背負うこともなかったけど、それがこの物語の軸だし、そこから離れられずに生きていくのも人間の姿じゃないかなって思うよ」

「僕はこの程度しか感想を言えないんだ。だから浅はかな解釈力では何も言えなくなる。僕が感じてるよりもっと深いものなんだってことだけはわかるから」

「その感覚わかる。恐れ多くて、私も人前では感想を言えないの」

それらの本について二人で喋ったあと、彼がこんな質問をしてきた。

「その詩集に押してある佐々木蔵書ってハンコ、佐々木さんが押したの？」

「これね……お父さんが必ず押すの。自分の本ならわかるんだけど、私の本にまで押すの」

穂乃香は当時を思い出して渋い顔をした。

「はは、嫌そうだね」

「うん。可愛くないし、学校に持って行くとみんなに笑われるし、昔は嫌だった」

そう、昔はすごく嫌だった。でももう押してもらえない今は、嫌だったことも、それ以外のことも、ほろ苦い思い出だ。

「お父さんは今でも佐々木さんの本にハンコを押すの？」

「ううん」

穂乃香は微笑んで首を横に振った。

「お父さんは私が中学生の時に事故で亡くなったの」

「えっ」

彼が〝しまった〟という風に顔色を変えたのを見て穂乃香は慌てて手を振った。

「大丈夫。もうとっくに思い出になってるから」

「ごめん。変なこと聞いて」

「ううん。だからこの本を届けてくれて、本当に嬉しかった」

彼は何を納得したのか、「そうかぁ」としみじみ呟いた。

「いいお父さんだね」

彼はきっと優しくてちょっとお節介な父親像を描いているのだろう。実際はまったくそうではなかったが、彼にそう言われると不思議と素直な気分になり、父の優しい部分ばかりが思い出された。

二冊の詩集の上に初夏の日差しが降り注いで揺れている。彼を前にして緊張しているはずなのに、それは心地良い高揚に変わって穂乃香を饒舌にする。心を開きすぎては駄目だと思うのに開きたくなる、この危うさは何だろう。

「この本を買ってもらったのは小学校高学年になった頃で、児童書の棚から大人向けの文学の棚に憧れていた時期だったの。ちょっと背伸びだったんだけど……」

教師だった父は穂乃香が読む本について厳しかった。本は人の心の奥底を映す。欲しい本はあるかと本屋で父に聞かれる度に内面を裁定されているようでいつも緊張したものだが、勇気を出してこの本を差し出した時、父は何も言わずに買ってくれた。

「当時に感じたものと、今読んで感じるものはやっぱり違う。私に引き出しが増えたっていうことなら嬉しいよね」

話しながら改めて気づく。だから父は少しの背伸びを見守っていたのではないだろうか。

「逆に素直な心を失っていくことで解釈が変わるかもしれない。だから何かを読んで感じることに本当は正解や不正解はなくて、自由でいい気がする。……あの、ごめんなさい」

穂乃香はそこで口をつぐんだ。

「どうして謝るの？」

「一人で語ってる」

「僕も先週そうだった」

二人で顔を見合わせて笑い出した。


それからというもの、火曜三限になると穂乃香の足はその場所に向くようになった。会話を重ねるうち、穂乃香は悠斗について幾つかのことを知った。

三つ年上の兄がいる、四人家族であること。兄は結構な優等生で、設計士としてすでに社会人になっていること。悠斗は第一志望の国立大を落ちてここに来たこと。中学高校とテニス部だったこと。

「もうテニスはしてないの？」

「サークルに入ってるよ。大学では趣味程度でいいかなって」

そこで意外な事実が判明した。二人の所属サークルが同じだったのだ。

「どうりで、どこかで見たことあるなって思ってたんだ」

「私、幽霊部員だから。最初の数回参加しただけで」

彼と繋がりがあったことが嬉しい反面、大勢の中で浮いてしまうノリの悪さと極端な運動音痴という無様な自分を知られたくなくて、穂乃香は複雑だ。

「僕もそんなに熱心に行ってないけどね。どうして行かないの？」

「テニスがうまくできなくて……。私、球技全般駄目みたい」

「今度教えてあげるよ」

「本当に壊滅的に駄目なの。そもそもラケットにボールが当たらなくて」

実際に目の当たりにされるより口で説明した方がずっとましだ。穂乃香はこの話題をこれきりにしようと、必死で言いつのった。

「ボール恐怖症なんだと思う。たぶん小学校の時のドッジボールが原因でね、緩いボールで当たって早く楽になりたいのに勇気が出なくて、逃げ回ってるうちに最後の一人になっちゃって……」

あれは昼休みの恐怖だった。教室で本を読んでいたら必ず先生に外に追い出されドッジボールに加わらされるのだから、たまったものではない。

「男子はみんなすごく怖い顔でボールを投げつけてくるし、あんな野蛮な遊び、ないと思う」

憤慨する穂乃香を見て彼が大笑いしている。

「同じ小学校でなくて良かったよ。僕、嫌われてたかも。めちゃくちゃ喜んでやってた」

「やだ」

顔をしかめつつも、彼にならボールをぶつけられてもいいかなと思ったりもするが、やっぱり最後まで残ってしまった時のあの惨めな逃げっぷりは見せられない。

「でも女の子は狙わなかったよ」

彼の同級生の女の子たちが少し羨ましくなる。彼は今までどんな恋をしたのだろう。今、好きな人はいるのだろうか。

「夏合宿、良かったら行こうよ。僕がちゃんと教えるから。三日も練習したら絶対変わるよ」

絶対に行きたくなかったはずなのに、穂乃香は揺らいでいた。彼と同じ場所にいたい。彼についていける自分でありたい。誰かと一緒にいるために変わりたいと思うのは初めてだった。

「穂乃香！　見たよーっ」

その日の夕方、バイト先に着くや否や加奈子が更衣室で飛びついてきた。

「西島君と一緒に図書館から出てきたところ！　何喋ってたの？」

そうだ。彼が同じサークルということは、加奈子はとっくに彼を知っていてテニスも一緒にやっているということなのだ。

「図書館でたまたま会って、サークルが一緒なのは今日初めて知ったの」

「てことは、前から二人で会ってたってこと？」

「そんな大した意味があるわけじゃなくて、本のことでいろいろ」

穂乃香は制服のボタンを留めるのに気を取られているふりをしながら、できるだけさりげなく言った。

「西島君、いいよね。優しくて爽やかで」

「うん」

「穂乃香、顔真っ赤」

なのにやっぱりこれだ。何かを隠そうとしても顔でばれてしまう。

「穂乃香ったら最近マスカラつけたりしてるから何かあるなと思ってたんだよね。どうしてかなー？」

穂乃香の背中を加奈子がぐりぐり押してくる。これまで男子と喋ることもメイクすることもなかったから、ごまかしようがない。

「すごく仲良さそうだったじゃん」

「そ、そうかな」

恥ずかしくてたまらないが、嬉しくもある。心の一番やわらかな部分がヒリヒリすることの感覚はこれまでずっと目を背けてきたものだった。でも今、それは抑えようもなく膨らんで、あとはもうその名前を認めるだけになっている。

「好きなんだよね？」

「そんなのじゃないよ」

でもまだ誰にも言いたくない。赤い頬を隠すようにキャップを目深に被り、穂乃香は更衣室から廊下に逃れた。

ところが背後の加奈子が気になることを言い出した。

「でもさ。彼、条件いいじゃん？　見た目も性格もいいし。サークルで狙ってる子いるよ」

「えっ、そうなの？」

思わず足を止めて振り返る。

「モタモタしてちゃ駄目よ、穂乃香」

加奈子の言葉はズシンと響いた。当たり前だが、そうだった。図書館でのささやかな時間に舞い上がっていたが、一歩出れば外界は広いのだ。

「だから穂乃香もサークルに来なきゃねー」

早番のアルバイトがバックヤードに入ってきて引き継ぎが始まり、その話はそこで途切れたが、その日は行列の応対をする間ずっと穂乃香は悶々としていた。そして、ある決意を固めたのだった。


大学が夏期休暇に入った八月の上旬、穂乃香は新宿のバスターミナルにいた。サークルの夏合宿に参加するためだ。大所帯なので、合宿先の長野まで大型バス二台で移動する。

早朝だというのにバスターミナルは大勢の客でごった返し、照りつける真夏の太陽が人々の頭をじりじりと灼《や》いている。ずらりと並んだ大型車から吐き出される排気ガスがアスファルトの白線を揺らしていた。

これまで活動に参加しなかった穂乃香はサークルのメンバーと他のバスの団体客の見分けがつかず、迷子にならないよう加奈子の背中にずっと張り付いていた。

「西島君あそこだよ、穂乃香」

「え、どこ？」

背があまり高くない穂乃香は加奈子が指さす方に必死で伸び上がる。

「あー、もう女の子に捕まってる！　早っ」

　彼を見つける前にそんな情報が追加され、頭に重石をのせられた気分になる。ようやく姿を捉えることができた彼は一号車に誘導され遠のいていく。その横には後ろ姿ながら綺麗系の女子がくっついていて、重石の重量がさらに増した。

「長野までなんてすぐだよ。合宿はこれから長いんだから」

「うん」

　二号車に乗り込みながら、穂乃香は加奈子に元気よく笑ってみせた。

　現地に着くと、部屋割りのあと早速午後から練習が始まる。彼がどこにいるのか探す暇もなく、慌ただしく着替えてコートに向かう。その時点ですでに穂乃香は怖じ気づいていた。元々の肌質もあるがインドア派だったせいもあり、自分だけ妙に白くてテニスウェアが浮いている。

「穂乃香、真っ白」

「見た目からしてテニスできなそうだよね」

　そんな短い会話を最後に加奈子は中級クラスへ、穂乃香は初心者クラスへと場所移動する。元テニス部の悠斗はコーチ役らしく、巡回して教えに来ると約束してくれていた。みっともない姿は見せられないので、彼が来るまでにコツを掴まなくては。

　ところが一時間もしないうちに穂乃香は早くも帰りたくなっていた。ペアになり、まずはゆっくりラリーを続けてみようという練習メニューだったが、穂乃香のせいでまったく続かないのだ。相手が打ったボールの軌道を見失い、気づけば後逸している。そうでなくてもボールとの距離が掴めず空振りする。挙げ句には隣でプレーしている人が見えず、ぶつかってしまう有様だ。

二年前に入部した時も下手だったが、ここまでひどかっただろうか？

ペアを組んだ相手は人の良さそうな一年生の女子で、平謝りする穂乃香に「全然いいですよ」と気遣ってくれたが、あまりに申し訳ないのでペアを外してもらい、穂乃香は一人で壁打ちを始めた。しかしそれすらもうまくいかず、コート隅の壁の前で一人茫然と佇んだ。

ボールをまったく目で追えない。視界から消えたボールが突然目の前に現れる。見えなければラケットを振る以前に追いかけることもできない。他のみんなはこんな状態でテニスをしているのだろうか？　自分に何か深刻な欠損がある気がした。

ふと薄暗い影のように医師の言葉が穂乃香の脳裏をかすめた。

『よく物にぶつかったり躓いたりするということは？』

『動体視力が落ちたと感じることは？』

『深刻な病気の可能性があります』

これは目のせいじゃない。単に注意力散漫で運動神経が鈍いだけだ。

そう打ち消し、穂乃香はコートを見渡した。悠斗は二つ隣のコートにやってきていて、数人の初級生相手にフォームの指導をしていた。その中には朝に見たあの綺麗な女子も入っていて、熱心に彼を見上げている。

穂乃香は彼らに背中を向け、額から流れ落ちる汗を拭った。上手くなりたい。こんな姿、彼には見せられない。黙々と壁打ちを始める。

「佐々木さん」

彼から声をかけられたのは、空振りして後ろに転がったボールを探している時だった。夏合宿に参加すると決めた時はこんな惨めな場面を描いていたわけではなかったのに。

「ごめん、最後に来ようと思ってたら前が長引いてなかなか来られなかった。壁打ちじゃあれだから、どこか空いてるコートを探して一緒に――」

俯いていた穂乃香の顔を悠斗が驚いて覗き込む。

「大丈夫？　休憩しよう」

おそらく穂乃香の顔が真っ赤だからだろう。ただそれは彼が心配しているような熱中症などではない。肌が弱いので、日焼け止めを塗っても日に当たるとすぐに鼻の頭と頬が赤くなってしまうのだ。何もかもがみっともなくて情けなくて、今は赤面する余裕もない。

日陰に並んで腰を下ろし、彼が渡してくれた冷たいスポーツドリンクを口に含んだ。爽やかな香りのする水が喉を潤し、みぞおちの辺りを滑り落ちていくのがわかる。

「ポカリを美味しいって思ったの、初めて」

惨めさを忘れ、穂乃香は青いボトルを初めて見る物のようにしげしげと眺めた。

「スポーツにはこれだよね」

悠斗は笑って答え、ドリンクを勢いよく飲んだ。汗が光る彼の喉を眺め、穂乃香は目を伏せた。壁打ちの最中に見てしまった、悠斗と他の女子の打ち合う姿が劣等感を掻き立てる。西に傾き始めた真夏の太陽は長く惨めな午後がようやく終わることを教えている。明日はもっと惨めでもっと長い一日になるだろう。自分という存在が嫌になる。

穂乃香は手の中のボトルを見下ろし、水滴を手のひらで拭ってやりながら「ごめんね」と思わず呟いた。

「どうして、誰に謝ったの？」

「ポカリとラケットに。私、全然スポーツになってないから、もったいないね」

穂乃香は冗談めかして笑った。スポーツ用品店で自分が手に取ったばかりに、ボールに当ててもらえないまま格好悪く一生を終えるラケットが不憫に思えた。

「僕はそのポカリが羨ましいけどな」

そう言ったあと、悠斗は少し慌てたように急いで言い足した。

「美味い！　って思って飲んでもらえることがポカリの幸せなんだよ。ラケットも、一生懸命に握ってもらえたらそれだけで十分だと思うよ」

どこかで聞いた台詞に穂乃香が顔を上げると、悠斗は「うん、パクった」と決まり悪そうに笑って鼻を掻いた。

「ボールが当たらなくても？」

「うん」

こちらを向いて頷いた悠斗が少したためらってからある提案をした。

「夕飯のあと部屋を出てこられる？　夜間も十時までコートの電灯が点いてるから、よかったら僕と練習しようよ。夜なら涼しいし」

砂埃とセミの声が二人の肌に張り付いている。悠斗の額の汗がオレンジ色の西日を受けて光っている。夏の太陽なんて本当は好きではなかったし、夏からも自分は嫌われている気さえしていた。でもこの瞬間は、そんな自分から変われそうな気がした。

「……うん」

むせ返るような熱気の中、穂乃香は悠斗の目を見て頷いた。


こうして悠斗と穂乃香の個人レッスンが始まった。しかしそれは思い描いたようにはいかなかった。ボールの軌道を追えないのも突如ボールが目の前に現れるのも変わらない。穂乃香がほとんど動かずその場でラケットを出せばいいぐらいに悠斗が辛抱強くボールを送り出してくれているのに、こんなことではいいかげん愛想を尽かされるのではと泣きたくなる。

「僕が打つ音から三つ数えて。一つ目で構えて、二つ目でバウンドするのと同時にラケットを後ろに引いて、三つ目で振る」

音を目安にした苦肉のアドバイスで、ようやく穂乃香は少しだけ前進した。
一、二、三。一、二、三――。ひたすら唱え、ラケットを振る。一方通行だったボールが一往復する。また失敗してそれを何度か繰り返し、やがて二往復になり、三往復になった。それは穂乃香が上達したというより、穂乃香があらぬ方向に返したボールを悠斗が懸命に走って拾ってくれるからだ。

「目標は十ね」

悠斗の声と同時に彼の白いTシャツとラケットが翻る。一、二――。そこで止まる。謝りたいのをこらえラケットを握り締める穂乃香の耳に再び球音が響き、黄色いボールが弧を描く。ある時は見え、ある時は見失った。どんなに努力してもそれは変わらない。十なんて無理だよ、と弱音が喉元まで込み上げる。それでも穂乃香は悠斗に応えたい一心で彼の動きを追った。

一進一退を繰り返した末にようやく六、七、八と数え、そしてついに十を数えた時、穂乃香が打ったボールが大きく逸れ、悠斗のラケットが空を切った。

「ごめん！」

一声叫び、その場で大の字に寝転んだ悠斗のところまで穂乃香は駆け寄り、彼の脇にしゃがみ込んだ。そこはコートから大きく外れている。この二時間、右に左に悠斗をどれだけ走らせたことか。シャワーを済ませてさっぱりとした顔で練習にやってきた悠斗の髪が今はすっかり汗で濡れ、白いTシャツの胸は激しく上下している。

「続いたね」

悠斗が閉じていた目を開け、笑顔で穂乃香を見上げた。その声はまだ息が切れている。

「うん」

ほとんど、というよりすべて悠斗の頑張りだけだった。わかっていたが、穂乃香は声を詰まらせながら頷いた。

「すごく上手くなったよ」

「……ううん」

事実は違うが、悠斗がそう言ってくれることに張り詰めていた緊張が一気に緩む。人前では絶対に泣かないのに、この時穂乃香は泣いていた。汗だと思ってもらえるよう、慌てて拭う。

「ありがとう……」

声の震えを抑えられない。こんなにテニスが下手だなんて呆れられて当然なのに、そうはならなかった。申し訳なさと安堵とがごっちゃになって溢れてくる。

「本当に、ありがとう」

「どうしたの!?」

「嬉し泣きだよ」

驚いて飛び起きた悠斗に穂乃香は涙を拭いながら笑いかけた。

「明日もやろう」

「うん」

二日目の夜も悠斗に特訓してもらったおかげで、穂乃香は人並みにボールを追うことはできないものの、手首の使い方やラケットの被せ方は上達し、打ち損じのホームランを放つ失敗は減った。わずかな進歩だが、最初の状態を思えば上々だ。

最後の夜となる三日目は肝試しのイベントが催される。くじ引きで決めた男女二人組で真っ暗な林を回る、というものだ。加奈子はこれを楽しみにしていて、昼食で一緒になった時にはすでに気分が夜に飛んでいた。

「ドキドキするー。誰になるんだろ」

「お化け役っているの？」

「去年はたしかいなかったよ。誰が当たるかっていうのと、意外な相手と暗がりで迷っちゃうかもしれないドキドキがメイン？」

人見知りする穂乃香には馴染みのない男子と二人きりで林を歩くなどハードルが高すぎて、加奈子みたいにはしゃぐ気分にはなれない。どうか悠斗が当たりますようにと願をかけつつも、総勢百人近くもいることを考えると悠斗がくじで当たることは期待できないとわかっている。

しかし幸か不幸か、アクシデントが起きた。

その夜も悠斗が練習に付き合ってくれたが、集合時間に余裕をもって練習を終えたはずだった。しかし部屋に戻って支度を終えると三日間の疲れがどっと押し寄せてきた。時間まで少しだけ横になろうと思ったのを最後に、穂乃香はぐっすり眠り込んでしまったのだ。

はっと飛び起き、慌ててスマホを見ると時刻は夜の十時半を過ぎている。集合時間は十時だ。スマホには加奈子からのメッセージが残されていた。

『部屋のベル押したけど、いないみたいだから先に行くね！　西島君と練習かな？　頑張ってー』

穂乃香は慌てふためいてロビーに下りた。集合場所の駐車場に行ってもすでに全員移動したらしく、閑散として人の姿はない。

悠斗が当たるかもしれなかったのに。そうでなくても、あとで悠斗と肝試しの話題で盛り上がれたかもしれないのに。一緒の場にいたかったのに……。

無性に寂しい気分で立ち尽くしていた時だった。

「あれっ？」

聞き慣れた声とともに背後から駆け寄ってくる足音がした。

「佐々木さん、どうしたの？」

それは悠斗だった。思いがけない遭遇に張りつめていた気が緩む。彼の髪はシャワーを浴びてそのまま寝たような寝癖がついている。どうやら同じ失敗をしたらしい。

「うっかり寝過ごしちゃって……」

「僕も。五分だけ寝ようって、大抵失敗するよね」

悠斗はあっけらかんとしていたが、穂乃香は申し訳ない気持ちでいっぱいだった。加奈子があれだけ楽しみにしていたイベントだから、悠斗もきっとそうだっただろう。自分が毎晩練習に付き合わせて悠斗を疲れさせてしまったせいだ。

ごめんねと謝ろうとした時、悠斗が先に尋ねてきた。

「肝試し、行きたかった？」

「ううん。怖いの苦手だし」

「じゃ、いっか」

悠斗はのんびりした調子で答えた。

「西島君はよかったの？」

「うん、全然。僕は怖いの平気だけどね」

二人でホテルの建物に向かう。もうこれで部屋に戻るのだろうが、せっかく会えた偶然も不完全燃焼で穂乃香の足は進まない。悠斗の歩調もゆっくりだ。

「あのさ……。嫌じゃなかったら、なんだけど」

ためらいがちに悠斗が切り出した。

「今ちょうど流れ星が見やすい時期なんだけど、見に行く？　このホテルの反対側の林を抜けたところが高台になってて、そこが見やすいんだ」

「うん！」

信じられない気分で聞いていた穂乃香は彼の言葉が終わるか終わらないかのうちに躍り上がって返事していた。

「流れ星、見たことないの。すごく見たい」

「じゃ、行こうよ」

途端に悠斗は嬉しそうな笑顔になり、二人の足も速くなった。

「肝試しに行かなくて申し訳ないね」

「出欠取らないし、最後は大騒ぎだから、僕たち二人ぐらいいなくたって大丈夫だよ」

林は地面から木の根が突き出ていて歩きにくく、穂乃香はいくらも歩かないうちに躓いた。すぐさま悠斗が穂乃香の右手を掴んで支え、そのまま手を繋いで歩き始めた。暗くて良かったと思う。今たぶん穂乃香の顔は真っ赤だ。

「ありがと」

小さな声でお礼を言い、そっと彼の手を握り返した。悠斗の手は大きくて温かだった。

鬱蒼とした林は真っ暗で、悠斗と穂乃香の話し声も足音も吸い込まれていくようだ。虫の声と何の鳥かよくわからない鳴き声が木立に響いている。

「肝試しっていっても、こんな感じで林を歩くだけなんだよ」

「そうなの？」

手を繋いでいる緊張で短い返事しか浮かばない。

肝試しの時もこんな風にペアの女の子と手を繋いだりするのだろうか。私と繋いでくれているのは躓くから？　聞きたくても聞けない質問を飲み込み、躓く度に悠斗の手を握り締める。

やがて勾配の急な坂道になってきた。

「もう少しだよ」

息を弾ませながら小石が転がる勾配を登りきると、木立が消えて突然目の前が開けた。なだらかな斜面の草むらに並んで座り、二人で空を見上げる。

「あ、星見つけた！　綺麗」

青白く輝く星を見つけた穂乃香が声を上げる。星の話はこれまで何度もしてきたが、二人で夜空を見るのは初めてだ。

「あれはこと座のベガ。そのちょっと東にあるのがはくちょう座のデネブ、南にあるのがわし座のアルタイルだよ」

説明に従って上を見上げた穂乃香は後ろに倒れそうになり、悠斗が笑ってその背中を支える。

「空って大きいね」

当たり前の、馬鹿みたいなことを言いたくなるぐらい、二人の上に広がる夜空は大きかった。それは遠く、吸い込まれそうな深い色をしている。

「まだかな」

「目が慣れるまで一時間ぐらいは見ていないと……あっ」

悠斗が小さく声を漏らした。

「今、一つ見えたけどピークはまだまだこれからだよ」

「いつのまに？　私、何も見えなかったのに」

悠斗が穂乃香と同じ高さに顔を寄せ、空を指さす。

「ベガほど明るくないけど、星がたくさん集まってるのわかる？　僕の指の、この方向」

悠斗の顔に穂乃香も寄り添い、彼の指の先に集中して目を凝らした。最初は彼が言うほどたくさん星があるようには見えなかったが、目が慣れてくると幾つも星があるのが見えてきた。

「……うん。わかった」

「あそこらへんがペルセウス座で、今回の流星群の放射点なんだ。でも流星は空全体で見えるから、できるだけ広く見渡すのがコツだよ。あの近くでは軌跡が短く、離れたところでは長くなる」

頬と頬が触れそうな距離で二人は空を見上げ続けた。

「流れ星って星じゃなくてチリなんでしょ？　それだけは知ってる」

「なんだ、知ってたの？　がっかりさせると思って言わなかったのに。ついでに言うと、あれは宇宙っていうより地球の大気圏の現象でね」

「やだ、そこまでは知らなかったのに」

穂乃香は膨れて悠斗の笑う横顔を睨み、また空を見上げた。

「でも一度でいいから見たかったの。一瞬なんでしょ？　願い事できるかな」

「何をお願いするか決めた？」

「うん」

「何？　図書カードが当たりますようにとか？」

「そんなんじゃないよ」

穂乃香はくすくす笑った。

「ピークになると一時間に数十個は流れるけど、見えるかどうか……あ。見えた？」

「え？」

「今、流れたよ」

「うそ、見てたのに！　どうして見えないんだろう」

「僕は慣れてるからね」

「難しいなぁ」

そこからは口をつぐみ、穂乃香は空に集中した。首が痛くても瞬きしたくてたまらなくても、願いが叶うようひたすら空に念じる。

「――あ」

悠斗ばかりが流星を見つけ、かなりの時間が過ぎた時だった。ほんのわずかな、細い蜘蛛の糸のような光が濃い夜空に白い線を引き、一瞬またたいてふわりと消えた。何も言えず、悠斗の手をぎゅっと握り締める。

「見えた？」

「……見えた」

流れ星が消えた空を見上げたまま、穂乃香は茫然と頷いた。

「初めて……」

感激で言葉が出てこなかった。流れ星はとっくに消えたのに、まだその軌跡が見える気がする。

しばらくして我に返り、穂乃香は細く長く息を吐いた。

「短かった……でも綺麗だった」

「願い事できた？」

「うん。見える前からずっと心の中でブツブツ唱え続けてたから、星に聞こえたはず」

「星じゃなくてチリだけどね」

「もう、わかってるって」

今度は睨むだけでなく悠斗を小突いた。二人の距離が近くなればなるほど、彼への想いは抑えきれなくなる。

「何を願ったの？」

「ええと……秘密」

感極まるあまり予定外の告白をしてしまいそうになり、穂乃香はすんでのところで踏みとどまった。悠斗との事を願ったなんて言えない。

「教えてくれないんだ？」

「うん。絶対言わない」

これ以上聞かれたら持ちこたえられない。穂乃香は苦し紛れに矛先を変えた。

「西島君は何をお願いしたの？」

「僕はいっぱいあるよ」

穂乃香は続きの言葉を待ったが、悠斗はバンザイをするように仰向けに寝転んだ。

「ああ、気持ちいいな！」

ごまかされた気がして口を尖らせる。

「こうすると楽チンだし空がよく見えるよ」

「うん」

気持ちよさそうに伸びをする悠斗の隣に穂乃香も肘をつき、それからおずおずと寝転んだ。手が触れそうで触れない距離。深夜十二時、真夏の夜空、二人だけの秘密の場所。

こっそり隣を見たが、草の葉が邪魔で彼が見えない。ただむせ返るような青い香りが鼻腔を満たした。

そういえばさ、と悠斗の声が言う。

「谷川俊太郎の『二十億光年の孤独』、タイトルがすごく好きなんだ。宇宙はどんどん膨んでゆく、それ故みんなは不安である、ってフレーズとか」

「万有引力とはひき合う孤独の力である、っていうのも良くない？」

「僕もそれ好きだ。……あっ」

「流れたの？」

「うん。あそこらへん。まだ軌跡がうっすら残ってる」

「残念。また見損ねちゃった」

会話をすると穂乃香が見逃すから遠慮しているのか、それとも流星が止んだのか、悠斗はそれきり静かになった。

夏草の騒めき、涼やかな虫の声、吸い込まれそうに深く広い空。自然の中に身を投げ出すと、その絶対的な大きさに圧倒されるのと同時に心細くなる。

「……西島君」

独りぼっちになったようで、思わず穂乃香は呼びかけた。

「どうしたの？」

「西島君が静かだから、いなくなっちゃった気がして」

「いるよ」

少し笑いを含んだ穏やかな声が聞こえたあと、草むらをごそごそ探る音がこちらに近づき、温かで大きな手が穂乃香の手を包んだ。

「ほら、いる」

「うん」

そのまま握り合う。広い宇宙の中で自分たちはちっぽけだ。それでも繋がった一瞬の確かな運命線。こうしていれば、もう空の広さも静けさも怖くない。

「あのさ」

しばらくして、今度は悠斗が口を開いた。

「呼び方、名前で呼んでいい？　苗字じゃなくて」

「うん」

穂乃香は頷いたあと、勇気を出して言い足した。

「私も、そうする」

「うん」

そう言いながら照れ屋の二人はまだ呼べない。どちらが先に呼ぶか、繋いだ手は甘酸っぱい会話を交わしている。

「穂乃香。……呼び捨ては偉そうだな」

いきなり呼ばれて飛び上がったが、そのあとのツッコミで噴き出した。

胸いっぱいに息を吸い込んで満天の星を見上げる。今なら星も掴めそうな気がした。

「あのね、私の願い事はね」

でも言ってしまうのがもったいない気がした。この甘酸っぱい気分のまま、はちきれていたい。

「……やっぱり言わない」

「ケチ」

隣を見ると目が合い、二人で笑った。繋いだ手をしっかり握り、空を見上げる。二人を隠す夏草が夜風にそよぎ、さらさらと音を立てている。頭上では夏の星座が時を刻んでいた。

「あ。今の見えた？」

「見えた！」

〝ずっと彼と一緒に空を見つめていられますように〟

たった一つの、ささやかな願いだった。

病院では肉体の秘密がない
そのため精神はますます多くを秘密にする

谷川俊太郎「秘密とレントゲン」（詩集『二十億光年の孤独』）より

第二章

「……どう思う?」

「うーん」

夏合宿から帰京した盆明け、バイト先の店頭で腕組みをして考え込む制服姿の加奈子を穂乃香は固唾を呑んで見守っていた。

「手を繋いだ。二人きりで星を見た。名前で呼ぶ。連絡先を交換した。難しいなぁ……」

「やっぱり付き合ってるんじゃないのかな」

盛り上がっていたあの流星の夜はそう思えたのに、日常に戻ると心もとなくなる。穂乃香は肩を落とし、気を紛らわせようとワッフルのトングをせっせと磨いた。

「いや、でも西島君のキャラは軽くないじゃん? 真面目だしのんびり君だし。彼としては付き合ってる範疇なんじゃない?」

「そうかな」

「だってほら、合宿の時、毎晩穂乃香に付きっきりだったし、最終日にはあんな時間に穂乃香を隠しちゃうしさ」

「あれはたまたま二人とも寝過ごしただけで、本当に偶然なの」

「てっきりキスでもしちゃったかなと思ってたよ」

「し、してないよ！」

店頭だというのに真っ赤になってしまい、穂乃香はキャップを深く被り直した。

「会う約束はしたの？」

「会おうって話にはなったんだけど、お互いバイトのシフトが入っちゃってるし、あっちはもう卒業研究が始まってて夏休み中でも大学に行ってるみたいで、結局今月は都合が合わなかったの」

「まあ今月はあと二週間もないし、九月に大学が始まってからどうなるか、だね。連絡は取ってるんでしょ？」

「うん。毎日じゃないけど、メッセージくれる」

「どんな？」

「え？　あの……おやすみ、とか」

思い出すだけで穂乃香はいよいよ照れてしまい、通行人に見られないよう俯いた。

「まーったくもう」

隣で加奈子が呆れている。今まで恋の気配もなかったのに、こんな話をできるようになったことが嬉しかった。

そんな中、八月の終わりに穂乃香は先延ばしにしていた精密検査を受けるために眼科を訪れていた。九月こそはできるだけ悠斗の都合に合わせたいので、今のうちに面倒な用事を済ませておこうと思ったのだ。

しかし、重い腰を上げた理由はそれだけではなく、夏合宿や日常生活の中で時折感じる疑念が無意識に穂乃香をそこに向かわせたのかもしれない。

眼科は相変わらず混雑していた。隣の患者が話していたが、春のスギ花粉だけでなくいろんな花粉に反応する患者が増えていて、今や花粉症は通年のものだそうだ。穂乃香は事前予約の検査だったので前回ほどは待たずに呼ばれたが、そこからが長かった。

裸眼視力と矯正視力を測ったあと眼圧測定を受け、続いて視野検査室に入った。検査にあたり、まず大きな機器に顔を固定し、画面の中央一点を見つめたまま視点を動かさないよう指示を受けた。その状態で周辺のあちらこちらに出現する小さな光が見えたら手元のボタンを押す、というものだ。

開始して数十分で穂乃香はうんざりしてしまった。全視野を細かく一点一点、文字通り針でつつくように調べ上げていくわけで、まだ片目だけだというのに単調な作業をいくら繰り返しても終わらない。

精神的にもきつかった。検査を続けていくうち、検査員の手元でごくかすかに、ほとんど聞き取れない程度の微細な操作音がすることに穂乃香は気づいた。しかし音はするのに穂乃香の視界に光の点が現れない時がある。

——カチリ。——カチリ。

何度もその空白が続くと、自分が見えていないという事実がひたひたと迫り始める。光は強くなったり弱くなったりするが、それが操作によるものかもわからない。しまいには操作音も聞こえないのに光の錯覚が見えるようになった。穂乃香の検査は当初の予定よりもかなり時間がかかり、そのことも異常が見つかったせいではないかという不安を煽る。

無言で一時間以上ひたすら同じ作業を繰り返して部屋を出たあとは瞳孔を一時的に広げる点眼薬をさして眼底を調べ、さらに誘導されるまま幾つかの検査を受けたが、その頃にはどういう名前のどういう検査なのかは不明になっていた。というのも、瞳孔が開いているため視界が真っ白で何も見えないのだ。待合室までのわずか数メートルの移動ですら壁を伝わなければ怖くて一歩も動けない。効きが遅いからと言って二度も点眼されたせいもあるが、蛍光灯の光が瞳孔に染み、痛くて目を開けていられない。

目が機能しないという恐怖。一時的なものとはいえ、それは生々しい感覚だった。

しばらくして穂乃香の名前が呼ばれた。診察は前回と同じく照明のない診察室で、穂乃香は待合室の蛍光灯から解放されて安堵の息を漏らした。

しかし、前置きなしに告げられた結果は穂乃香が望んでいたものとは違っていた。

「佐々木穂乃香さん」

「はい」

穂乃香が医師の前に座ると、マウスを操作していた医師は手を止めてもう一度名前を確認し、椅子ごとこちらに身体を向け正面から穂乃香を見た。前回とは違う雰囲気に、不吉な予感が穂乃香の背筋を這い上がる。

「網膜色素変性症という診断になります」

「…………」

初めて聞く病名だった。それがどういうものなのか名前からは見当もつかず、ただ医師の顔を見つめ返す。

「これがあなたの現在の視野です」

穂乃香にも見えるようこちらに向けられた画面には二つの大きな円があり、それは白と黒の細かな点でまだらに埋められていた。外周はほとんど白く、内側にもところどころ飛び地のように白い部分がある。

「白いところが視野欠損部分です。この病気の典型的なパターンで、外側から徐々に欠けていきます」

割合にすると半分程度しか見えていないことになるだろうか。でもこれが当たり前だと思って生活してきたから、健常者の半分という結果を見せられても、逆にみんなはそんなに見えているのかと驚くだけだった。

続いて医師は薄いオレンジ色の画像に切り替えた。眼底写真だというそれのどの部分が病変なのか、素人にはよくわからない。自身の画像ながら、触手のように伸びる毛細血管が薄気味悪く思えた。

「症状としてはまず夜盲症、視野狭窄が多く見られます。段階が進むと視力低下、色覚障害、それから羞明《しゅうめい》が起きるケースもありますね」

次々と述べられる内容をただ聞く。疲れているせいなのか思考が麻痺していて、まるで自分のことではないような感覚だった。

「網膜色素変性症は国の難病指定の疾患で、症状が重くなれば医療費補助金の申請ができますが、まあ……認定の手間ばかりで、メリットはどうかな」

医師は言葉の最後を苦笑で濁した。ただ音の羅列を聞くように医師を見つめていた穂乃香の意識に「難病」という言葉が飛び込んでくる。

「難病なんですか？」

久しぶりに喋ったように声がうまく出ていない。医師は「そうですね」と頷き、難病指定疾患の一覧を画面に映した。

「というのも、残念ながら今のところ有効な治療法がないんですよ。現在この病気に対して処方されているのは循環改善薬一種です。今日お出ししますが、それもまあ飲まないよりはいいという感じかな。これしかないので、どこの病院でも同じです」

カチカチというマウス音とともに網膜色素変性症と大きく書かれた解説ページへと画面が変わる。

「えー……日本ではだいたい四千人から八千人に一人の頻度で発症。失明原因の三位、とありますね」

画面の上のカーソルがめまぐるしく動くのを眺めていた穂乃香は、医師が読み流した内容に驚いて顔を上げた。

「失明するんですか？」

「いや——」

医師は難しい顔で腕組みし、首を捻った。

「これぱっかりは何とも言えませんね。この病気は症状の出方も進行速度も千差万別で、六十歳になっても何ら支障なく暮らしている方も多いですし。ほんと個人差なんですよ」

医師はそう言ってから穂乃香の視野検査結果を改めて眺めた。

「うーん……。二十歳でこれはちょっと進んでるかなという印象はありますが……。経過を見なければ何ともいえませんね。まあ、完全に失明に至るケースはさほど多くないですよ」

午後二時に検査を始めたのに、眼科を出るともうすっかり日は傾いていた。アスファルトから立ち昇る人工的な臭いと熱気がエアコンで冷えた全身を一気に圧迫する。夕暮れの街の喧噪はあまりにいつも通りで、穂乃香は長い悪い夢から醒めたように目をしばたたいた。それでも背後の白い建物は不吉な予言を穂乃香の背中に囁《ささや》きかけてくる。

早く帰ろう——。

薬の袋をバッグにねじ込み、穂乃香は歩き出した。瞳孔が元に戻っておらず、視界はまだ白い紗《しゃ》をかけたような状態だ。車道と歩道の境界がわからず横断歩道も信号機も見えない。いくらも進まないうちに右も左もわからなくなり、穂乃香は立ち往生した。ホワイトアウトした世界の四方八方から車のエンジン音が迫ってくる。

何も考えられなかった。空っぽの頭の中に悠斗の笑顔が浮かんだ。日常に戻る道を探し、穂乃香はただ立ちすくんでいた。

九月になり、大学の秋期授業が始まった。

火曜三限。二人は例の閲覧席で星の本を眺めている。

「流星群って次はいつ来るの？」

「毎年、何回も見られるよ」

「えっ、そうなの？　知らなかった」

「うん。ちょっと待ってて」

悠斗が関連本を探している間、穂乃香は開け放たれていた窓のカーテンをそっと閉めた。目のために紫外線を避けたかったのだ。

眼科で精密検査を受けてから一か月が過ぎた。最初は茫然としていたが、穂乃香は徐々にそのショックを忘れていった。敢えて忘れようとした、と言った方が適当かもしれない。

医師からは強い紫外線を避けるよう指示されたが、アウトドア派ではないので何かを我慢しなければいけなくなったわけではなく、紫外線をカットする眼鏡を買った程度だ。あとは自転車や自動車の運転は控えた方がいいということも言われたが、元々自転車は乗れないし運転免許も持っていないので、これも不自由は生じない。

結局、病気のためにすることといえば一日に二回、朝と晩に「飲まないよりはいい」という何とも張り合いのない説明とともに処方された薬を飲むだけだ。それはきっちり守っていたが、他に何も努力しようがないということでもある。

医師の言葉をあとから振り返れば、だいたいが個人差という言葉にまとめられていて、医師の方も掴みかねているような、今一つ歯切れの悪い説明だった。

インターネットで検索してみると、この病気の進行は非常にゆっくりであること、再生医療など治療法の研究が進行中であることが書かれていた。

痛みがあるわけではないし、裸眼で読書ができるのだから、眼鏡やコンタクトレンズの友人たちの目より十分機能している。たまに躓くが、それが不便かといえばそれほどではないし、単に鈍臭いだけだろうとも思う。とにかく病気だという実感がないのだ。これまでとほぼ変わらない生活の中、よほど運が悪くなければ大事には至らないだろうと気楽に受け止めるようになっていた。

しかし、背後に薄暗い影が付きまとっているような無意識の不安はどこかにある。現にこうしてカーテンを閉じ、窓越しの自然光を浴びることすら抵抗を感じてしまうのだから。そしてこのことを悠斗に打ち明けることができずにいるのだから。

「あったよ」

悠斗が分厚い本を持って席に戻ってきた。

「流れ星の発生は彗星に関係してるんだよ。母天体って言ってね」

悠斗はどうやら普段は天体のことを語るのを我慢しているらしく、こうして穂乃香が何かに興味を示すとやたらに嬉しそうな顔をする。穂乃香はそんな時の悠斗の生き生きとした表情がとても好きだった。

「次に流星がいい条件で多く見られるのは十二月のふたご座流星群。寒いけど、冬は空気が澄んでるから綺麗に見えるよ。……ここがふたご座で、流星の放射点」

流星群の説明をしたついでに、悠斗が冬の夜空の写真を開いた。

「ふたご座の横にあるのはオリオン座？」

「そうそう」

「わぁ、三ツ星と一緒に流れ星が見られるなんて。見たいなぁ」

「オリオン座流星群っていう名前のもあるけど今年は条件があまり良くないし、ふたご座の方がいいんじゃないかな。今年のピークは真夜中だなぁ」

真夜中と聞いて穂乃香は密かにがっかりした。彼と一緒に眺められたらどんなにいいだろう。

「この明るい星はなに？」

「こいぬ座のプロキオン。ついでにこっちがおおいぬ座のシリウス」

「子犬とおおいぬ、ちゃんとセットでいるんだね」

こいぬ座は二つの星を結んだだけの星座だ。まったく子犬に見えないし、別に子犬でなくても良いだろうに、おおいぬ座だけでは寂しいからもう一匹作られたのかなと穂乃香は勝手に想像した。

「穂乃香ちゃんは犬飼ったことある？」

「ないの。昔、お父さんが猛反対してね」

「うちも母親が猛反対だったよ。でも結局は母親が一番可愛がってたけどね」

「過去形ってことは、もういないの？」

「うん」

それから彼は子供の頃に飼っていたロンという名前のビーグル犬の話をした。ロンはいたずらっ子で、隙を突いて脱走するのが大好きだったそうだ。

「僕たちが探し回るのが楽しかったみたいでさ。足を棒にして探しても見つからなくて半べそかきながら家に戻ったら、ロンが涼しい顔で犬小屋の前に座ってるんだよ」

それからロンの好物は茹でて潰したカボチャと蒸した大豆で、準備している横でヨダレを垂らしながらもちゃんとお座りして待っていたこと。

しかし最後の別れは悲しいものだった。脱走したきり探し回っても帰ってこなかったのだ。母親は今でもロンの帰りを待っているという。だからそれ以来、犬は飼っていないそうだ。

「うちは今でもロンの犬小屋を捨てられないんだ。ひょっこり帰ってくるんじゃないかってね。いなくなった時はすでに老犬だったし、何年も前のことだし、もう生きてる歳でもないってわかってるんだけどね。もしかするとロンが帰ってこなかったのは死期を悟ってたのかなって思うんだ。ロンは絶対道に迷ったりしないから。でも母親にそれを言うと余計に悲しがるから言えないんだけど」

「『ネロ』と同じだね。あの詩に出てくる犬も死期を悟って姿を消したんだって」

悠斗の母親とロンの心情に同化してしまい、涙腺が怪しくなってきた穂乃香は慌てて話の方向を文学に切り替えた。

「ネロ？」

「悠斗君の詩集に載ってるよ」

「そうなのか。今、持ってる」

悠斗がリュックの底を掘り始めた。悠斗のリュックは天文学の本やらなぜ持ち歩いているのか首を傾げたくなるような物でいっぱいで、目的の物がなかなか出てこない。

ようやく出てきた詩集はジップロックに入れられていた。自宅のキッチンから拝借したそうだ。

「傷まないようにだよ」

悠斗は名案だと思っているらしい。リュックの物を減らそうという真っ当な方向に行かない悠斗のちょっとずれたところが穂乃香には可愛らしく思えていた。

「ええと、どこだろ」

「最初の方」

穂乃香も悠斗の手元を覗き込む。

「あ、これだ」

その詩には「愛された小さな犬に」という副題がついている。愛しいものを失いながら前に歩き続ける人生の郷愁と希望というのだろうか。穂乃香の大好きな詩だ。

「悲しいだけじゃなくて、なんだろう。胸の奥がきゅーっと締め付けられて痛いんだけど温かいっていうか……」

またも感情移入しすぎてしまう悪い癖が出た。さっきは持ちこたえた鼻の奥がいよいよ危なくなってきた。

「人間の言葉を喋れないけど、きっとネロは大好きな家族の前から去る前にたくさんのありがとうを言って、お別れをしてたんだろうね。ロンもきっとそうだよ」

スマートに感想を述べるはずが、声も内容も腑抜けになった。一人で感極まっている自分が恥ずかしくなり、俯いて手探りでハンカチを探す。

「ごめん。みっともないね、私」

「穂乃香ちゃん」

なかなかハンカチが見つからず照れ隠しに喋り続けていた穂乃香は悠斗に呼ばれ、顔を上げた。二人の視線が合った瞬間、こぼれようとしていた雫が穂乃香の頬にぽろりと落ちた。彼の視線がその行方を追いかけ、また穂乃香の目を見つめる。

初秋の図書館で、それはまるでスローモーションのような出来事だった。悠斗の顔が近づき、彼を見つめる視線の焦点を合わせることができないほど近くなったと思った時、机越しに二人の唇はそっと重なっていた。

ゆっくりと瞼を閉じる。世界中の時計が止まっていた。窓から吹き込む風がカーテンを揺らし、二人の前髪をそよがせ、開いたままの本のページをはらはらとめくった。窓辺に咲きこぼれるシオンの花に秋の日差しが降り注いでいる。空は高く、芝生広場で午後を過ごす誰かが楽しそうに笑っている。

やがて二人の唇がそっとほどけた。熱を孕んだ視線がためらいがちに再び出会う。途端に恥ずかしさが込み上げてきて、穂乃香は俯いて顔を隠した。少し慌てたように悠斗が言う。

「嫌だった？　ごめん」

穂乃香も慌てて顔を上げ、首を横に振った。彼が照れた表情を見せ、穂乃香も同じように返してまた視線を伏せる。

そこで二人は同時に笑い出した。風がめくったせいで、本のページが例の〝おならうた〟の詩になっていたのだ。長く開いていたのか癖がついているらしく、本はそのページを開いたまま安定している。それを見て余計に笑った。

〝アダプチノール〟

それが網膜色素変性症患者の頼みの綱――直径十ミリほどの赤い錠剤の名前だ。

十月になり、二度目の検診から帰宅した穂乃香は病院名が印刷された白い袋から錠剤を出し、ポーチに詰め替えた。それからその空袋が母の目に触れないよう自分のバッグに仕舞った。明日、大学に行く途中で駅のゴミ箱にでも捨てるつもりだ。

検診に行ったせいだろうか。薬の束を見ているせいだろうか。誰もいない静かな家に一人でいると、しばらく忘れていた重苦しさが胸の底にひたひたと溜まってくる。

この病気のことを穂乃香は悠斗だけでなく母にさえ打ち明けることができずにいる。

『一人でも生きていけるように、手に職をつけなさい』

父を亡くして以降、それが母の口癖だ。豊かではない家計の中で母は娘の大学進学を譲らなかった。そのために母がごくたまに服を買う時でさえ安物ばかりを選んでいることを穂乃香は知っている。

『パートに行くだけだからこれがいいのよ。動きやすいし、汚れても気にならないし』

穂乃香も奨学金を取得し、家庭教師とアルバイトを掛け持ちして学費の一部に充てているが、それでは到底足りない。でも穂乃香がもっと多く家計に入れようとすると、母はそれを頑として受け付けない。

『毎月入れてくれるぶんで十分よ。今が一番いい時なんだからもっと楽しみなさい』

ささやかながら今の穂乃香の幸せを支えてくれているのは母だった。そして母は次に来る瑞穂の大学受験と学費のために少しでも蓄えようと懸命だ。その母にどうしてこれ以上の心配をかけられるだろう。

通院は二か月に一度で、難病と言われる割には簡便だ。前回のように疲労困憊する精密検査を行うわけではなく、視力などの基本的な測定と医師が眼底を確認するのみで、診察はごく短く済んだ。家族に気づかれることなく通えるだろう。

穂乃香の眼底を診た医師の言葉も前回の所見とほぼ変わりなく、こう言っただけだった。

「うーん……まあ経過を見ていきましょう。紫外線は避けてね」

ただ、医師はこうも言った。

「身内に同じ症状の方がいませんか？　この病気の患者の多くに遺伝性が認められているんです」

穂乃香は夕飯の支度を終えると、仏壇への供え物を用意した。仏壇の前に座り、いかめしい父の遺影を見上げる。

『鈍臭いのはお父さん譲りね。お父さんもそこの敷居でよく躓いてたわ』

母の台詞を思い出す。確かに父は段差でよく躓いていた。

昔、本屋に連れて行ってくれた帰り道、とっぷりと日が暮れた空に星を見つけた穂乃香が話しかけても、父はいいかげんな方向の空を見て適当に返事するだけだった。オレンジ色の鉛筆を赤だと父が言うのを訂正したら、額に青筋を立てて怒られたこともある。

『症状としてはまず夜盲症、視野狭窄が多く見られます。段階が進むと視力低下、色覚障害、それから羞明が起きるケースもありますね』

思い起こせば、医師が示した症状は父の様子とほぼ一致していた。

父の事故は夜間だった。見通しの良い道路で起きた事故の原因は、本当は何だったのか。命を落とした父の痛みを思い、目を閉じる。

しんと静まり返った家におりんの音が響き、余韻がゆっくりと波打ちながら沈んでいく。

「お父さんも病気だったの？」

遺影の父は答えない。穂乃香の秘密をただ静かに見下ろしていた。


秋はワッフル店の期間限定味が賑やかになる。マロンに紅芋、それからハロウィンのパンプキン味。芋系の味ばかりだという文句は苺が好きな瑞穂の弁だ。『そんなこと言うならもうお土産持って帰らないからね！』と穂乃香が啖呵《たんか》を切ったのは、家族以外にワッフルを持ち帰る相手ができたからでもある。

しかしその相手にも秋の味は受けが悪い。

「あー、ごめん。カボチャは……カボチャだけは無理だ」

「これ人気なんだよ。今日は奇跡的に残ったからもらってきたのに」

バイトの帰り道、迎えにやってきた悠斗を穂乃香は膨れて見上げた。遅番の時は売れ残ると悠斗の好きな味を詰め合わせて持ち帰るが、今日の味は好みでないらしい。

穂乃香の最寄り駅は普通電車しか停まらない小さな駅だ。父の事故以来佐々木家には車がない。だから穂乃香は真冬の凍えるような夜でも、駅から自宅まで二十分の道のりを歩いて帰る。

駅前の小さな飲み屋街を抜けると細い遊歩道が静かな住宅街を北に向かって伸びている。道沿いに並ぶ家々の垣根や庭の借景で緑が続き、ところどころに休憩用のベンチもある。とてものどかで味わいのある小道だが、夜はほとんど誰も通らない。街灯が少ないことを悠斗は心配して、いつもわざわざ大学から遠回りをして穂乃香を送ってくれるのだった。

「じゃあお家に持って帰る？　お母さんとかお兄さんとか、誰か食べるんじゃない？」

「いやいや、だったら穂乃香と食べる」

「カボチャでも？」

「カボチャ以外」

「もう」

自動販売機で悠斗がお茶を買い、二人でそれを分け合いながら遊歩道のベンチでワッフルを食べる、というのがいつもの遅番上がりのパターンだ。

「このジャックランタン、悠斗君のために私がチョコペンで描いた特別バージョンなのに」

まだ諦めきれずに穂乃香がごねると、悠斗は覚悟を決めたような大仰な仕草でパンプキン味を取った。

「そこまで言うなら死ぬ気で食べる」

「やった！」

穂乃香は笑いながら、ワッフルを頬張る悠斗の反応を見守った。

「美味しい？」

「………」

返事がないので、首を傾げて悠斗を覗き込む。

「美味しい？」

「可愛い」

悠斗が自分を見てヘラリと笑ったので穂乃香は思わず顔を背けて噴き出した。

「美味いな。意外」

「でしょ？」

真面目顔に戻って述べた感想はお世辞ではなかったらしく、悠斗はぺろりと平らげてしまった。

「子供の頃は夕飯にカボチャが出ると、こっそりロンにやってた」

「ロンの大好物だったんだよね」

「そうそう、利害の一致ってやつ。でもロンがバカみたいに喜ぶから、すぐばれて怒られたけど」

歓喜するビーグル犬とそれに慌てる悠斗少年の図を想像して、穂乃香は笑った。

残りのワッフルも二人で食べてしまうと、また手を繋いで遊歩道を歩き始める。道端の垣根は何か名前のわからない花が満開だった。

「鈴虫が鳴いてる」

「ほんとだ。綺麗な声」

「梅雨が終わる頃にさ、夜になるとジーって虫が鳴くよね。鈴虫とかの秋の虫とは違うやつ。最初にあの声を聞くと嬉しくならない？　夏が来るぞーって。特に夏が好きなわけでもないのに」

「うん、わかる」

二人が少し大きな声を出すと、鈴虫は驚いて鳴くのをやめた。そしてしばらく行き過ぎると、また背後で鳴き始める。

そろそろ秋は深くなり、鈴虫たちの季節はもうすぐ終わる。短い季節を謳歌する虫たちを脅かさないよう、二人とも口をつぐみ、足音を忍ばせて歩いた。

鈴虫の声が途切れると、穂乃香は悠斗を見上げて尋ねた。

「虫の声と星と、悠斗君はどっちで季節を知るの？」

「どっちかなぁ。星は季節を知るっていうより、変わる前から予測してるからなぁ。星が見えない雨空でも恒星図が空にペタッと貼りついて見えるよ」

「なかなか重症だね」

穂乃香は笑って空を見上げた。今日は曇り空なのか、星はなさそうだ。

「今日は星がないけど、今も恒星図が貼りついてるの？」

「いや、星あるよ」

穂乃香はそれを聞いて星を探したが、どこにあるのかわからなかった。薄暗い影が背中に忍び寄る。

ところが悠斗が無意識にそれを追い払ってくれた。

「見えないでしょ」

「うん」

「秋の星座は一等星が一つしかないんだ。後ろだよ、南方向にあるフォーマルハウト」

悠斗に手を引かれ後ろを向く。遊歩道は北に向かっていて、その星は後方にあるらしい。

「小学校の理科で、何月何日何時頃にこの星はどこに見えますかっていう問題が出たでしょ？　私、あんな簡単な問題でさえ一度も正解したことがないの」

なかなか星を見つけられず目を凝らしながら言い訳していると、悠斗がいつものように屈んで穂乃香と目線を合わせてくれた。

「そこの電柱あるよね。とんがった屋根の家の左側の電柱」

「うん」

「そこからまっすぐ上に上がっていって……ゆっくりね」

「……あ、あった」

穂乃香はほっと安心して悠斗の手を握り締めた。

「あとの星は地平線に近かったり光が弱かったりで、たぶんそれしか見えないよ。冬になるとたくさん見える。楽しみだね」

「うん。冬の流星群も一緒に観たいな」

その会話から悠斗はしばらく黙って歩いていたが、慎重な口調で切り出した。

「夏合宿みたいに旅行の許可をお母さんにもらえるなら……、あ、でも嫌だったら無理しないでほしいんだけど……」

穂乃香は足を止めて彼を見上げた。悠斗のためらいに、穂乃香にとっても勇気の要る大事なことを言われるのだと感じていた。遠くの街灯からわずかに届く光の中で、穂乃香を見下ろす彼の目はまっすぐで優しかった。

「長野まで一緒に観に行こうよ。……二人で」

二人で。二人きりで。

行きたかった。穂乃香の答えは決まっていた。単に流星群を観るということだけではないとわかっている。その覚悟もできている。でも一つだけ、やっぱり気になるのだ。

「悠斗君、あの……」

口ごもって見上げると、悠斗が不安そうな顔で穂乃香を見つめて返事を待っていた。

「私たち、つ、付き合ってるのかな」

すると悠斗は途端に驚いた顔になった。面倒臭い質問でせっかくの雰囲気をぶち壊した自分が嫌になる。恋愛経験がない引け目があるから、なおさら自信がないのだ。でも聞いてしまったものは今さら引っ込められないし、聞かずに旅行には行けない。

「あの、わからなくて。その、男の子と付き合ったことないから」

わざわざ言わなくてもいいことまで焦って言ってしまい、余計に面倒臭い感じになってしまった。これでは誰も手を出さない残り物みたいだ。

しかし悠斗はそんなことは露ほども思っていないらしく、ひたすら謝り始めた。

「ごめん！　僕は勝手にそのつもりだったんだけど、ほんとごめん」

それから悠斗はリュックの肩ひもを握り直し、面接試験のようにかしこまって直立姿勢になった。

「あの、順序が逆だけど、僕と付き合ってください」

「……はい」

自分から求めたとはいえ、改めて言葉にされると無性に照れ臭い。次に何を言うべきかを必死で考えていると、悠斗が真面目くさったまま言った。

「よろしくお願いします」

あまりのぎこちなさが可笑しくなり、穂乃香が噴き出すと悠斗も笑った。悠斗の手にそっと手を滑り込ませ、穂乃香は顔を染めながら宙ぶらりんになっているもう一つの返事を告げる。

「あの、旅行も、うん」

その夜、なかなか寝付けない穂乃香のもとに悠斗からの「おやすみ」メッセージが届くと、穂乃香は枕を抱いてベッドに転がった。そうして余計に眠れない夜を過ごしたのだった。

学食のテーブルでスキー旅行のパンフレットを吟味していた悠斗はスマホを取り出し、マップアプリを開いた。宿泊ホテルの周りに高い木立なんかがあると、流星群を観るのに下手すれば駐車場などに場所を移動して寝袋で待機することになる。

本当なら条件に合致するホテルを取ればいいのだが、往復の足や食事もセットになったスキーツアーが安上がりだ。穂乃香がアルバイト代から自宅の家計に入れていることを知っている悠斗は何とか予算を抑えようとしていた。

「あとはベランダと部屋の向きか……」

マップではそこまでわからない。申し込み時にリクエストしてみるか、それが駄目ならホテルに直接掛け合ってみよう。ベランダなら人目を気にせず――。

「西島、スキー行くの？」

突如隣から聞こえた声に悠斗は椅子から尻が浮くほど飛び上がった。知らない間に三原が隣に腰掛け、菓子パンをかじり始めている。いつから見られていたのだろう？

「声かけたけど、西島気づかないからさ」

返す言葉もない。そそくさとパンフレットをリュックに突っ込み、悠斗はまだ手をつけていなかった定食を食べ始めた。

穂乃香と付き合い始めて三か月になるが、同じサークルの持田加奈子以外はさほど知られていない。悠斗も穂乃香も忙しくて細切れにしか会う時間が取れず、火曜三限の図書館でこっそり過ごす以外、学内でイチャイチャすることなどないからだ。

でも三原はどうだろう？　千里眼で地獄耳のくせに何も聞いてこないのがかえって気味が悪い。

しかし、やはり三原だった。

「佐々木さんと一緒に行くの？」

しかも〝付き合っているのか〟などという質問抜きの一足飛びだ。

「いや別に。いつものあれだよ。天体観測」

「ああ、なるほど」

意外と簡単に三原が納得したことに悠斗は胸を撫で下ろしたが、そのあとで失策に気づいた。肝心の〝一緒に〟部分を否定し忘れている。

「ところで西島は入院すんの？」

悠斗が箸を止め逡巡していると、三原が話題を変えてきた。

三原の言う〝入院〟とは、大学院に進学するという意味だ。大学院に行くか否か。理系学部の学生たちは三年生にもなると、それを悩み始める。

「行かないつもりだったけど、迷ってる」

悠斗は正直に答えた。

大学院に行かずとも、教授の口利きで就職先には困らない。ただ、研究テーマにダイレクトな就職先であるかどうかは、学士の段階では贅沢を言えない。天文学の場合は特にそうで、多くは天文学から離れることになる。新星を発見したからといって企業が儲かるものではないのだ。

これまでの悠斗は天文学専攻であることを前面には出してこなかったし、現実的には別分野への就職で仕方ないと思っていた。〝潰しのきかない〟学問で大学院に行くのは賭けに等しい。それに本格的に研究の道に進むと、否が応でも学会などで論文発表しなければならない。スピーチが苦手な悠斗には高いハードルだった。

しかし、その後ろ向きな姿勢が最近変わり始めた。穂乃香が楽しそうに自分の説明を聞き、目を輝かせて星を眺める様子を見ていると、宇宙の素晴らしさを伝える使命が自分にもあると信じたくなった。UFOマニアと混同されようが天体オタクと言われようが役に立たないと言われようが、天文の夢を追いたくなった。

しかしそれならば今の大学の院ではなく、より専門特化している大学に移ったほうがいい。悠斗はかつて諦めた国立大に大学院で再び挑戦することを考え始めていた。ただその大学は遠方、名古屋だった。

「三原はどうすんの？」

「俺は就職かな。早く稼ぎたいし」

三原がさらりと言った台詞に悠斗は心の中で唸った。悠斗のジレンマの原因のもう一つはそれだった。遠方の大学院に進学して、しかも稼ぎのない貧乏学生のままで、穂乃香と付き合い続けられるだろうか？　いつか愛想を尽かされるのではないだろうか。

今だって格安スキーツアーにしか行けないし、実家暮らしでは時間のかみ合わない二人がゆっくり過ごす場所もない。三原の言う通り、男としては早く稼ぎたいのだ。旅行をプレゼントできる身分ならどんなにいいかと思う。

「悩むよなぁ……」

「そりゃそうと、あと五分で三限が始まるよ。佐々木さん待ってるんじゃないの？」

三原が何食わぬ顔で放った一言で、悠斗は箸で掴んだままだった唐揚げをうっかり落とした。幸いトレーの上に転がった唐揚げを今度こそと掴みながら考える。火曜三限に会っていることが三原にばれているということは、あの図書館ももはや安全ではない？　というか、あそこでキスまで――。

三原は隣で二つ目の菓子パンを食べていたが、悠斗の反応に満足したらしく、フンと鼻で笑った。

「毎週火曜日になるとそわそわしてるから、どっかで会ってんだろうなってだけ」

三原に読まれている自分の単純さにがっかりしつつ、何かを目撃されたわけではないことにほっとして、残りの定食を喉に詰め込む。

「可愛い子だよね」

「うん」

照れ臭いような、自慢したいような、相反するむず痒さを飯粒とともに水で流し込んだ。


十二月になり、穂乃香は悠斗との初めての旅行の日を迎えていた。発着は夏合宿と同じ新宿のバスターミナルだ。別のバスに乗り込む悠斗の背中を遠くから眺めていたあの時と違い、今はしっかり手を握り合っている。早朝のビル街に反射する朝日に目をすがめ、穂乃香は悠斗を見上げて笑いかけた。

関越道に入ると一気にバスは速度を上げ都内を抜けていく。さらに途中の分岐点で長野方面へと針路を取り北上していくと、しだいにトンネルが多くなり路肩にチェーン装着ゾーンが見られるようになった。もう降雪地域に入ったのだと思うと雪景色が待ち遠しく、穂乃香は目についたものを始終悠斗に報告しながら窓に貼りついていた。

日が高くなってくると窓越しの光も強くなる。穂乃香はバッグを開けて少し迷ってから、医療用の黄色いレンズの眼鏡ではなく、もう少し淡い色のPCレンズを取り出した。パソコンやスマホ用だと言って、実は紫外線をカットする目的でかけているものだ。それでも悠斗の前ではかけたくなくて、しばらく手に持っていた。

旅行の直前に検診を受けた時、医師は眼底を見て少し首を傾げた。

『うーん……』

医師の浮かない顔を見て穂乃香も不安になる。毎回「うーん」と言われるのはこの医師の癖なのか、それとも状態が悪いのか、よくわからない。

『紫外線は避けてね』

医師は首を傾げただけで、いつもの注意を繰り返した。

いつもと違っていたのは、今回の検診では薬が十分に処方されなかったことだった。現在、唯一の薬であるアダプチノールが輸入遅延により供給がストップしているらしい。朝晩一錠ずつ一日二錠のところを一日一錠という半量に減らして、何とか二か月分処方してもらったが、薬が行き渡らない患者もいるほどだから了承してほしいとのことだった。

『二月頃からまた供給再開されるはずですよ』

病院では製薬会社から患者に向けたリーフレットを渡された。そこには大手の製薬会社名が記されていた。医師は薬の効果について曖昧な評価しかしなかったが、こんな有名企業が開発して長く使われてきたならきっと確かに違いない。

開いたままのバッグの隙間からは薬のポーチが覗いている。穂乃香は気の重い現実に目隠しをするようにバッグのファスナーを端まできっちり閉めた。

幾つかのトンネルを通過したあと、バスはひときわ長いトンネルに入った。

「今度のは長いね。きっと大きい山だよね」

さきほどからトンネルに入る度に穂乃香は出口の雪景色を期待していた。オレンジ色のランプが点々と続く暗いトンネルの先に、やがてぽっかりと開いた半円の出口が見えてくる。光の半円がしだいに大きくなり、その向こうにある景色の光量がそれまでと違うなと思い目を凝らした次の瞬間、バスは真っ白な雪景色の中にいた。

「『雪国』だよ！　川端康成の」

「反応が文学部だなぁ」

　悠斗が隣で笑っている。

「あの小説は越後湯沢で書かれたものなんだって」

「湯沢温泉いいね。次は温泉だな」

「うん。行ってみたい」

　穂乃香は笑顔で頷いてから窓の方を向き、雪景色に見とれるふりをしながら悠斗に見られないようにこっそり眼鏡をかけた。

　ホテルに着いてみると、穂乃香と悠斗の部屋は同じツアーの他の客とは違う階で、独立したダイニングルームや濡れたスキーウェアを乾かす乾燥室などがあり、パンフレットの写真よりずっと豪華だった。悠斗がホテルに電話を入れて部屋のベランダの方角を指定したためにこういう結果になったようだ。思いがけないグレードアップに二人ははしゃぎ、しばらく部屋を見て回った。

　悠斗が忘れず確認したのはベランダだ。かなり広く、夏期用なのかリクライニングできるデッキチェアーが一つ備え付けてあったので、流星の時間になったら毛布にくるまってここに寝転ぼうということに決まった。

「今回のピークは今夜一時から明け方までだから、夕ご飯のあと仮眠して、それからだね」

「う、うん」

悠斗のタイムスケジュールの「仮眠」が本当に純粋な仮眠のように聞こえ、この日のために覚悟を決めてきた穂乃香はもしかするとこれは純粋な星空観察会だったのかもと訝《いぶか》り始めた。

密室で二人きりになるのは初めてだ。背後にある寝室の存在のせいで穂乃香は落ち着かないのに、悠斗は何も感じないのだろうか。

「お、電子レンジもついてる」

キッチンからは悠斗の嬉しそうな声が聞こえてくる。わざわざ下着を新調した自分が恥ずかしくなってきた。

「あったかいココアを飲みながら観察できるね。そういえば受験の時、やたら親にココアを飲まされなかった？」

「秋ぐらいからスーパーが特設で売り出してるの。必勝ダルマとか景品つけて」

「ああ、あれって景品だったんだ？　うちの戸棚の隅にちっこいダルマが片目のまんま放ったらかされてる」

「片目のままって」

「露骨だろ、テンションの下がりっぷりが」

悠斗が国立大に落ちた時の一家の正直すぎる反応を想像して、穂乃香は笑ってしまった。

探索を終えた悠斗が窓辺にいる穂乃香の隣にやってきた。

「今からどうする？　せっかくだからスキーやってみる？　その方が疲れて仮眠できるし」

窓の向こうに広がる真っ白なゲレンデではたくさんの人がスキーや雪遊びに興じている。大人も子供もとても楽しそうだ。

「うん」

ここまで来て断る理由はない。目のダメージへの不安を押しやり、穂乃香は頷いた。


数時間後、穂乃香はぐったり疲れて部屋に戻っていた。といっても爽快な疲労だ。もう食事もお風呂も済ませてきた。濡れたスキーウェアは乾燥室に吊してあるし、ビールやおつまみも買ってある。加湿器はふわふわと蒸気を上げていて、暖かな部屋は快適だ。ちょっと寒かったが大浴場の露天風呂は最高だった。

「スキー楽しかったぁ」

穂乃香は満ち足りた気分でベッドに寝転んだ。スキーはまったく上手くはいかなかったが、とにかく楽しかった。

「動画見る？」

「撮ってたの？」

肘をついて上体を起こし、隣に寝そべる悠斗と一緒にスマホを覗き込む。動画は穂乃香が緩い傾斜を滑って降りてくるところだ。

「やだ、これ私？　なんかすごくのろくない？」

「そりゃ初心者だからだよ」

自分では猛スピードを出しているように思っていたのに、周囲で滑っている人に比べるとスローモーションのようだ。スキー教室の子供に比べてもひどく遅い。

「私、オリンピック選手みたいなすごいスピード出して、みんなの迷惑になってるんじゃないかって思ってた」

「いやいやいやいや」

悠斗は冗談だと思って笑っているようだが、穂乃香は真面目だ。

『自転車は控えた方がいいでしょう。視野が狭いとスピードを怖く感じるんですよ』

こんなことも言われたなと、ふと医師の言葉を思い出した。やはりそのせいなのだろうか？　しかし視野が狭いという感覚が自分ではどうしてもわからない。

結局、動画は近くを通り過ぎたちびっ子スキーヤーに驚いて穂乃香が転倒するところで終わった。

「コケ方まで格好悪い！」

「いやコケるのすごく上手だよ」

「バカにしてるよね」

まともに止まれない穂乃香に悠斗は止まれない時はコケろと教えた。こうして見るとかなり格好悪いが、それはそれでとても楽しく、ゲレンデで二人はずっと笑っていた。

「でも、悠斗君はちゃんと滑りたかったんじゃないの？」

ツアーについていたリフト券はまだ一枚ずつしか使っていない。一度中腹まで上がって二人でゆっくり降りたが、穂乃香は途中で何度も止まってしまった。いくら悠斗がゆっくり滑ってくれてもすぐに彼の背中を見失ってしまい、追えないのだ。

悠斗は終始後ろを気にしてくれていたらしく、穂乃香がコースから逸れたり転倒する度に気づき、スキー板を横にして斜面を上がってきてくれた。

「ごめんね。疲れたでしょ」

「全然。楽しかった」

悠斗は穂乃香の隣にごろんと仰向けに寝転び、目を瞑った。そのまま寝るつもりなのか、しばらく黙ったままなかなか目を開けない。

「……寝ちゃった？」

「寝てないよ」

「何時に起きたらいいの？」

「午前一時ぐらいかな」

「アラームをセットしておこうか？」

「もうセットしてあるよ」

悠斗があまり長い間目を瞑っているので不安になり、穂乃香はしきりに話しかけた。

「悠斗君はすぐ眠れそう？」

「穂乃香は？」

「まだ眠くない」

取り残されるまいと、穂乃香は子供の駄々のように答えた。まだ喋っていたい。隣にいても足りない。込み上げるようなこの感情は何だろう。

「……僕も」

そう言って悠斗が目を開けた。彼の目を見た時、穂乃香は彼がなぜ目を瞑っていたのかを悟った。彼も自分と同じなのだ。仮眠などできるはずがなかった。

しばらくの沈黙のあと、悠斗の手が穂乃香を引き寄せ、二人の唇が重なった。一度離れて、二度、三度。

「……嫌じゃない？」

「……うん」

ぎこちなく囁き交わし、それからは夢中で唇を重ねた。ためらいがちな手、抑え込んだ吐息、初めて知る肌の感触。二人きり、シーツの上で、未熟な熱は性急だった。

「好きだよ」

いよいよという時、悠斗が告げた言葉は穂香がずっと憧れていたものだった。

しかし幸せなはずなのに、なぜか穂乃香は怯えた。初めての時を迎える不安ではない。

刹那の火花を散らす線香花火のように、やがて落ちる時が来ることを知っている気がしたのだ。

「穂乃香の目、すごく好きだ」

胸のどこかに予感めいた一滴の苦しみが落ちる。しかし彼を迎え入れる緊張と高揚の中で、それはすぐに紛れて見えなくなった。


眠ったのか眠れていないのかわからないようなまどろみのあと、アラームで抱擁を解いた二人は厚着をしてベランダにいた。デッキチェアーの上でぴったりと身を寄せ合う二人には初めて肌を重ねた熱がまだ続いている。

「もう夜空に目が慣れた？」

「……まだ」

ずっと目を閉じて抱き合っているのだから慣れるはずがない。

しばらくすると冷えてきたのでキッチンでココアを作り、夜空の下で飲んだ。ココアで受験話を思い出したのか、悠斗が真面目な話題を持ち出した。

「来年さ。就活だよね」

「うん」

「穂乃香はどうするの？」

悠斗に寄りかかりマグで手を温めていた穂乃香は湯気を吹きながら答えた。

「お母さんはお給料のいい一般企業に就職してほしいみたい」

穂乃香たちの大学は就職実績がいいことで有名だ。母は穂乃香に大企業の高い給料と生涯の安定を望んでいる。そのために大学に行かせたのだから。

「でも……」

「何か他に夢があるの？」

「……うん。図書館司書になりたいなと思って。資格に必要な単位も履修したし」

文学部の仲間たちは志望が華やかで、文筆業を目指す人や出版業界を目指す人もいる。でも穂乃香は何かを発信したり意見を戦わせることが苦手だった。ただ本と人に寄り添いたいのだ。

「誰かが大切な本と出会うきっかけになれたら嬉しい。子供にも関わりたい」

「詩集のことで穂乃香に言葉をかけてもらったよね。あれから国語恐怖症が軽くなった。無知なのが恥ずかしくて本屋に行けなかったけど、今は恥ずかしくない」

「よかった」

誰かに夢を語るのは初めてで照れ臭かったが、悠斗の反応は望外のものだった。上気した頬を冷ますようにマグの湯気を吹く。

「お母さんは反対してるの？」

「まだ言ってないけど、賛成してくれるか自信ない」

「どうして？」

「なんかこう、バリバリやってほしいんだろうなって。でも私、本に囲まれる仕事で食べていけて、お母さんに仕送りできて、本が買えて、あと為五郎のご飯が買えたらそれで幸せなんだけど」

「為五郎、よく食いそうだ」

「そうなのよ」

二人の笑い声が白い息になって夜空に溶けていく。最近、悠斗は為五郎と顔見知りになった。撫でるお許しももらったぐらいだ。

「悠斗君は？」

「院と就職とで迷ってる。同じだよ。夢と現実」

「悠斗君の夢って？」

「まだ誰にも言ってないんだけどね。笑われるから」

無理して言わなくていいよと穂乃香が口を開こうとした時、悠斗が続けた。

「天文学の先端の研究をしたい」

「どうして笑われるの？　すごいと思うけど」

「まあ、役に立たないってね。理系の中では言われがちなんだよ。でも最近はもっと堂々としていようって思えるようになった。穂乃香がきっかけだよ」

「私？」

「うん。星の話を喜んでくれる。あと、僕の格好悪い台本とかスピーチ恐怖症も笑わずにいてくれた。穂乃香が図書館で読み聞かせをやってるって聞いて、僕も克服しようと思った」

そこで二人は身体をすり寄せた。悠斗が開いた上着の中に穂乃香も入る。

「ふふ、二人羽織みたい」

「しまった。ココアが遠すぎて飲みにくい」

「あはは」

幸せだった。この瞬間ここにあるのは、何一つ欠けるもののない、完璧な幸せのはずだった。

「こんなことやってたら流星どころじゃなくなるな」

「そうだった」

二人ともようやく真面目になり、夜空に集中し始める。

「だいたい目が慣れるまで十五分ぐらいだから、もう見えるよね」

悠斗の言葉を聞いた穂乃香はふと疑問を抱いた。さきほどから十五分どころか、かなり長くベランダにいる。お喋りに気を散らしていたといっても、暗がりに目はもうとっくに慣れているはずだ。なのに――。

「あ、流れた」

「え？」

「オリオン座の三ツ星のすぐ横で流れたの、見えなかった？」

「……うん」

「じゃ次を待とう。今日は条件もいいし流星の数も多いから、すぐだよ」

おかしい。夏よりも空気が澄んでいて星ははっきり見えているはずなのに、穂乃香の目に空は墨を流したような暗い闇に見える。

スピードに対する恐怖感。太陽光が目に染みること。悠斗の背中をすぐに見失うこと――。

「お！　今度は長かったから見えた？」

「……うん！」

笑顔で答える穂乃香の声は妙に上ずっていた。

必死で目を凝らしていると、オリオン座一等星のベテルギウスらしきものが見えた。春に悠斗に見せてもらった写真を思い浮かべてオリオン座の形をなぞり、ようやく三ツ星に辿りつく。しかし以前の記憶と違ってそれは薄く弱く、今にも消えてしまいそうだ。そして一瞬でも視線を動かすと見失ってしまう。その間にも悠斗は何度も流星を見つけ、穂乃香も笑顔で頷いた。

「やっぱり天文やりたいな！」

夢に向かい目を輝かせる悠斗の隣で、穂乃香は青ざめていた。

私、目の機能を失い始めてる――。

結局この夜、穂乃香の目が流星を捉えることは一度もなかった。

あの青い空の波の音が聞えるあたりに
何かとんでもないおとし物を
僕はしてきてしまったらしい

透明な過去の駅で
遺失物係の前に立ったら
僕は余計に悲しくなってしまった

谷川俊太郎「かなしみ」（詩集「二十億光年の孤独」）より

僕にこの詩を教えてくれたのは、優しくて、一人でいるのが好きで、それでいてとても怖がりな人だった。

あの頃の僕は本当には理解できていなかった。この詩の感情。繊細な瞳が映していた苦しみと孤独。僕ひとりでは、この空は広すぎること。

第三章

穂乃香が髪をアップにまとめようと鏡の前で苦心していると、瑞穂が部屋の入口からひょいと顔を出した。

「お姉ちゃん、今日友達と遊びに行くんだけど服貸して」

瑞穂は年末に実施されたＡＯ入試で志望大学に合格した。社交的な瑞穂は一般入試より面接試験の方が得意なのだ。受験勉強から解放された瑞穂は二月の受験休みを持て余し、推薦入試などで同じく早々に進学先が決まった友人と頻繁に遊びに行っている。

「うん、いいよ」

「ありがとー！」

穂乃香も瑞穂も手持ちの服が乏しいので、互いの服を貸し借りして補っている。といっても穂乃香が貸すことの方が圧倒的に多い。

クローゼットを開けた瑞穂が呆れ気味に言う。

「いつも思うけど、お姉ちゃんの服って色も形も似たような定番ばかりだね」

瑞穂にはそう見えるかもしれないが、カーディガンの前立てが綺麗な布帛《ふはく》になっていたり、織り糸の交ざり具合に特徴があったり、穂乃香にとってはそれぞれに貴重な違いがある。

「これ借りていくね」

　ケチをつけておきながら、瑞穂は白いワンピースと穂乃香がつい数日前に買ったばかりのグレーのカーディガンを取り出した。

「あ、ごめん。ワンピースはいいけど、そのカーディガンは今日着て行くの」

「こっちでいいじゃん。同じグレーだし」

　瑞穂が別のカーディガンを引っ張り出して見せる。

「新しいの貸してよ。友達に同じ服ばっかりって言われちゃう」

　今日わざわざ髪を巻いてアップにしたのはカーディガンの前立ての布帛とお揃いのシュシュをつけるためだ。今月は瑞穂に合格祝いをあげたせいでお小遣いがきつかったが、どうしてもこのセットが諦められず、お昼代を節約して買った。今日初めて下ろすつもりだったので、穂乃香としても譲りたくない。

「ごめんね。そっちじゃ駄目なの」

「なんで？　同じじゃん」

「同じって言うなら瑞穂だってそっちでいいじゃない」

　売り言葉に買い言葉で、穂乃香もつい応戦してしまう。

「じゃあいいよ、ケチ！」

　瑞穂は捨て台詞を吐いて出て行ったが、ちゃっかりしたもので白いワンピースは穂乃香のクローゼットからしっかりなくなっている。

「もう！」

瑞穂が力任せに閉めたドアを鏡越しに睨みつけたものの、すぐに穂乃香は機嫌を直した。

今日は悠斗にバレンタインのチョコレートを渡し、映画を観る約束をしている。

待ち合わせ場所で、悠斗はすぐ新しい髪型に気づいてにこにこしながら褒めてくれた。

「そういう髪型似合うね。首が細くて綺麗だから」

旅行から二人の距離はいっそう親密になり、悠斗は以前にも増して称賛を伝えてくれるようになった。だから自然と穂乃香もお洒落に力が入る。

ただ、その幸せはどこか薄暗い色をしたものと表裏になっていた。それらはすべて目が見えるからできることなのだ、と。

この日に観た映画は大ヒット中のサスペンス物だった。主役が悪役に追い詰められるシーンで穂乃香は怖くて何度も目を瞑っていた。スリルに耐えられなかったからだが、目がひりついて涙が出るからでもある。

エンドロールが流れ始めた時、悠斗が穂乃香の顔を見て笑い出した。

「今の映画、泣く要素なかったぞ」

「悲しいんじゃなくて、瞬きする暇もないんだもん」

しかし周囲には誰も穂乃香のように目を真っ赤にしている客はいない。

「いやー怖かった」

「誰か悲鳴上げた人いたよね」

さざめく人波に乗って出口に向かいながら二人とも興奮気味に頷き合う。

「廃ビルでだんだん上の階に追い詰められるところあったでしょ？　あそこで急に追っ手がギャーって叫んでいなくなったけど、何があったの？」

その場面は真っ暗な中でただ追う者と追われる者の荒い息遣いや足音が響くだけで、穂乃香には何がどうなっているのやらさっぱりわからなかった。

映画館を出ながら悠斗がその場面を説明してくれた。それは穂乃香が思っていた以上に込み入った場面だったようで、自分が映像を十分に認識できていないことを否が応でも思い知らされた。

その他の場面でも動きが目まぐるしすぎて、ついて行けない部分があった。映像を見ていると字幕が読めず、字幕を読んでいると映像が見えないのだ。さらにはその字幕も全部読まないうちに変わってしまう。以前はそうだっただろうか？

席が前列のせいだと思いたかったが、同じ条件で悠斗は難なく理解している。旅行で感じた異変をここ二か月の間は心から追い払っていたのに、一度は消えたそれが再びぼんやりと浮き出てくる。

「もしかして、怖くて目を瞑ってた？」

「そうかも」

「怖がりだもんな」

悠斗が笑って穂乃香の右手を掬《すく》い上げる。その手を握り返す穂乃香の胸が鈍く痛んだ。

二か月前からそれはずっと穂乃香の胸にある。あれだけ彼が入念に計画してくれた旅行で、流星が見えたと嘘をつくしかなかった罪悪感だ。それは少しずつ積み重なっていく。

映画が始まる前、ポップコーンを買って席に戻ろうとしたら暗くて席がわからず迷子になった。階段席の段差が見えず、何度も踏み外してポップコーンを零してしまった。

立ち往生している穂乃香を助けに来た悠斗はポップコーンを拾い「可愛いなぁ」と笑ってくれたが、彼を騙しているようで穂乃香は内心自分を責めていた。そして同時に背後から黒い影に肩を叩かれたような気分になった。忘れようとしても、病気は静かに穂乃香の後ろをついて来ている。旅行で日常で、一歩また一歩とその影は濃く近くなっていく。それが気のせいであることを願った。

映画を観なければ、スキーをしなければ、流星を見なければ、その影に気づくことはなかっただろう。彼と分かち合うはずのものが仇《あだ》になっていく、そんな自分が苦しかった。

いっそあの時病院に行かなければ、今でも自分が病気であることすら知らずにいられただろう。特効薬がないのならその方が良かったのではという気さえしてくる。ただの鈍臭くてのろまな女の子でいられるのなら。

夕食を終えて店を出ると、穂乃香はビル街の上に狭く切り取られた夜空を見上げた。最近では紫外線のない夜になるとほっとするようになった。

「寒いね」

「うん」

こちらを見下ろす悠斗の顔に視線を移し、彼の手をしっかり握る。その大きな手に守られていると、背後の影は薄くなっていく。

きっと気のせいだ。怖い映画を観たから想像力が過敏になっているだけ。

帰るにはまだ時間が早く、二人は繁華街をそぞろ歩いた。ショーウインドウは季節に合わせ赤やピンクのリボンで華やかに飾り付けられている。穂乃香にとって好きな人と過ごす初めてのバレンタインだ。

「あのね。私、誰かにチョコあげるの初めて」

「ほんと？　やった」

悠斗はかなり嬉しそうだ。それを見ていると少し拗《す》ねてみたくなる。

「悠斗君はもらったことあるでしょ」

「ええと……ない」

「嘘つき」

「嘘じゃないよ」

「また嘘ついた」

でも嘘が下手な彼が好きだ。ただくっつきたいだけの意味のない会話はバカバカしければバカバカしいほど幸せだった。

「このあとどうする？」

「……もう少し、一緒にいたい」

穂乃香を見下ろす彼の目も同じことを求めている。

「その髪、崩れるとまずいかな」

「……大丈夫」

悠斗の言葉の意味を理解して、穂乃香は彼の肩に寄り添った。

二人きりになれる場所で、明かりを消して目を閉じる。流星が見えなかった嘘も背後の影も罪悪感も何もかも忘れ、彼のことだけ考えていたかった。


「うーん……」

二月の検診で穂乃香の眼底を診た医師の第一声はいつもと同じ、これだった。しかし医師の表情は今までになく重苦しい。

「やっぱり進んでるかな……」

八月に受けた穂乃香の精密検査結果を開いてしばらく眉間に皺を寄せて睨んでいた医師は長い溜息をつき、独り言のように呟いた。

そう言われるのではないかと穂乃香自身も思っていた。だから検診に来るのが怖くて今度また今度と延ばしていたが、薬があと数回分を残すだけになり観念した。どれだけ忘れようとあがいても、やはり穂乃香は完全にそれから逃れることはできないのだ。

病気の診断から三度目の検診になるが、医師は初めて病状の悪化を口に出して認めた。

これまでの『うーん』も口癖ばかりではなく、進行の速さを薄々感じてのものだったのだろう。何も言わなかったのは、この病気に関して医師としてはみだりに患者を不安にさせるようなことは言えないからだ。他の多くの病気と違い、治療法がないのだから。

それでも今回は敢えて言った。それが意味するものに穂乃香は怯えた。

「精密検査の前、八月の初旬にテニス合宿に行ったんです。紫外線がすごく強くて……あれがいけなかったんでしょうか。あと年末にスキーにも……。でも紫外線カットのゴーグルはずっと着けてたんです」

押し込めていた不安がとめどなく口からこぼれ出る。周囲に対してなのか、それとも自分の人生に対してなのか、何かへの懺悔のようだった。

テニス合宿の時はまだ自分が紫外線を恐れなければならない病気だと知らなかった。しかしスキーの時は知っていた。防御すればいいのだ、薬をしっかり飲んでいればいいのだと思っていた。それでは甘かったのだろうか。スキーに行くべきではなかったのだろうか。普通の生活を望んではいけないのだろうか。

「まだ大学生だから、いろいろやりたいことがありますよね」

顔色を失っている穂乃香に医師が慰めるように言った。

「数日間紫外線を浴びたからといって即病気が悪化するというものではないですよ。もちろんまったく害がないとは言いませんが、この病気の進行は寿命とどちらが早いかというぐらいとてもゆっくりのはずだから、一つの行動にはっきりと因果関係が認められるものではないです。スキーではちゃんと目をガードしていたんだし……」

それなのに「とてもゆっくりのはず」の病気がたった半年で医師が認めるほど進行しているのなら、むしろスキーが原因であった方がまだ事態は軽かったのではないだろうか。医師の気遣いで自責の念は少し薄れたが、原因も現状の深刻さも不透明なままだ。踏み込んだ言葉を求め、息を詰めて医師の横顔を見守る。

しばらく画面を睨んでいた医師が考えを決めたように息を吐き、こちらを向いた。

「薬の量を増やしてみましょうか。アダプチノールは朝晩二回で規定量なんですが、一日三回で出します」

そこで医師は申し訳なさそうに付け加えた。

「ただ、前にも言ったかもしれませんがアダプチノールは病気を根治させる働きのものではないんです。症状の進行を少しでも遅らせようという薬で、佐々木さんの網膜をできるだけ長持ちさせるためのものなんです」

〝できるだけ長持ちさせる〟——医師が何気なく使った表現が心に堪《こた》えた。原因も展望もわからない。確かなのは、今の治療は穂乃香の網膜が元に戻る可能性を捨てているということだけだった。そうするしかないのだ。それを実感した。

「——はい」

穂乃香が頷くと、医師はほっとしたような、どこか辛そうな表情を浮かべた。

帰り道、悠斗のいない遊歩道を一人で歩いた。秋に枝いっぱいに花を咲かせていた垣根は、今は北風から身を守るように色褪せた葉を必死で枝にとどめている。

これまでニュースや小説の中で幾度となく〝治療法がない〟という表現を耳にしてきたが、当事者でない者にとってそれはただの状況表現だった。検査結果を告げられ当事者になったあの時でさえ実感は薄かった。

しかし衝撃から始まり逃避や達観、恐怖、不安と様々な感情にぶれながら、数か月をかけて穂乃香はその言葉の本当の姿を理解した。諦念と希望。これが治療法のない病気と折り合っていく道ではないだろうか。抗わず努力しながら状況が変わるのを待てばいい。インターネットには治療法の研究が進行中だと書かれているのだから。

北風が強い夜だった。コートの襟を掻き寄せて握り締めるが、斬りつけるような向かい風で頬が痛かった。一人で歩くと寒さがいつもより身に染みる。

悠斗に打ち明ければ、きっと温めてくれるだろう。しかし言うわけにはいかなかった。流星が見えなかったことは穂乃香にとって彼への裏切りだった。彼の前では今までの自分のまま、恋をしていたかった。星が見えなくなるなんて――彼と共有してきた世界を失っていくなんて、口に出して認めるのが怖かった。

いつかきっと状況が好転する。それまで頑張ろう。

祈る思いで夜空を見上げる。吹き付ける北風から早く逃れようと急いでいた足を止め、まだ見えていることを自分に証明するために穂乃香は星を探した。

あの青白い星がリゲル。かなり時間がかかってからその隣にあるサイフを見つけ、それから三ツ星。悠斗に教えてもらった名前と形をなぞりながらゴールと定めた一等星のベテルギウスに辿り着いた。もうすぐ寿命が尽きる恒星独特の赤っぽい光だ。

色も光もまだ見えている。だから、大丈夫——。

その色は壊死した細胞の膿のような気配を抱いていた。

今年の冬は例年より早く寒さが緩み、まだ三月中旬だというのに関東でももう桜が咲いてしまうのではないかと思うほどの陽気が続いている。

「こんなに暖かいのに不思議と咲かないものなんですね。カレンダーがわかってるみたい」

ボランティア先の市立図書館で穂乃香は読み聞かせの絵本を揃えながら司書に話しかけた。

「桜は暖かくなってもう一度厳しい冷え込みが来ないと咲かないものらしいわよ」

穂乃香は「へえ」と感心して窓から中庭の桜の梢を見上げたが、桜の蕾がまだ小さく固いのを見てとると窓から離れた。

今、穂乃香は眼鏡をかけている。二月の検診以降、昼間は常に医療用の眼鏡をかけるようになった。それでも窓際に立つ時、外を歩く時には紫外線への恐怖を感じ、俯き加減になってしまう。空を見上げるのも目的がある時だけで、ほんの数秒だ。この状態に終わりはない。

「まあ、だから桜が咲かないうちは衣替えを急ぐなってことなんだけどね。でも穂乃香ちゃんはすっかり春ね。若い子はいいわねぇ」

司書が指しているのは穂乃香が着ている春物の薄いワンピースのことだけではない。背後で子供たちに囲まれている悠斗のことだ。

以前から穂乃香のボランティアの様子を見たがっていた悠斗は嫌がる穂乃香を説き伏せ、今日は一緒に図書館にやってきた。子供たちは興味津々で、悠斗を取り囲んで質問攻めにしている。

「読み聞かせを見られるの、恥ずかしいんです。嫌だなぁ、緊張しちゃう。いつもは子供たちだけだから羞恥心を捨てられるのに」

「そんなこと言って、今日はいつもよりお洒落してるじゃないの」

司書が穂乃香を冷やかした。

「読み聞かせは大丈夫よ。穂乃香ちゃんはとても上手だから。ほら、もうそろそろ時間だし彼氏さん揉みくちゃになってるから助け出してあげないと」

司書に促され、子供たちを児童室に呼び集めて座らせる。後方に席をもらった悠斗が気になるようで、最初のうち子供たちはそわそわと後ろを向いていたが、穂乃香が絵本を読み始めるとすぐに静かになった。

この日に読んだのは子供たちがリクエストした『ぶたぶたくんのおかいもの』、それから『ちいさいおうち』『これはのみのぴこ』というどれも昔から定評のある絵本だ。

読み始めてすぐに穂乃香は異変を感じた。

(活字が薄くなってる……？)

まるで灰色のインクで印刷したように、どのページも文字が白っぽく霞んでいる。

もう何十回となく読み聞かせているし、穂乃香自身も小さい頃に読んで育った絵本なので、少々読みにくくても記憶で補える。だから何も問題なく読み進められたが、一度そう感じると気になり始めた。

(かなり古い蔵書だから印刷が褪せたのかも)

三冊目の『これはのみのぴこ』はそれまでの本と違って太いフォントの大きな字で難なく読めたため、最初の疑念は穂乃香の頭から流れていった。その本を読む時は子供たちも交じって大騒ぎになるので、何かを考えている暇がないのだ。

最初のページは「これはのみのぴこ」という一言に、何かの茶色い毛むくじゃらの背中で飛び跳ねる小さなノミの絵が添えてある。次のページに登場するのは居眠りする茶トラ猫で、「これはのみのぴこのすんでいるねこのごえもん」。その次はお母さん、八百屋さんと次々に説明が繋がっていき、最後は高級そうな白猫の背中に住んでいるノミの「ぷち」で終わる。ノミにまで名前がついているお茶目さと、世界はみんな繋がっているという温かみがある本だ。どのページも説明はぴこから始まるので、最後の方になるととても一息では読むことができない。

「穂乃香お姉ちゃん、いま息継ぎした！」

「俺、ぶっ通しで読める！」

息継ぎをしようものなら子供たちから一斉にツッコミが入る。穂乃香も意地になり、しまいには聞き取れないほどの早口になって子供たちと大笑いしながら読み終える。この日もそうだったが、途中で穂乃香は何度も行を見失った。

「お姉ちゃんずるい、飛ばした！」

それが子供たちの笑いを誘って盛り上がったが、子供たちと一緒になって笑いながら、穂乃香は原因が何なのかを自覚していた。

「面白かった！」

子供たちを送り出したあと、穂乃香とともに図書館を出た悠斗は子供のように無邪気な笑顔を見せた。

「すごいなぁ。人前で喋るのが苦手だなんて全然わからなかったよ」

「でも今日は悠斗君がいるからすごく緊張した」

視覚機能の低下を危ぶんでいた穂乃香は悠斗の言葉に力をもらい、彼に笑顔を向けた。

二人は手を繋ぎ、図書館から駅に向かう川沿いの土手道を歩き始めた。

「本の仕事、穂乃香に絶対合ってると思う」

「保育園みたいな状態だけどね。でも、これからも続けたいな。子供たちのおかげで、あ
あ私にも誰かに本の楽しさを伝えられたかなって思えるの」

行を見失ってしまうのは、ゆっくり読み聞かせる普通の本なら問題ない。視野欠損の盲点を知れば、視点の動かし方でカバーしていける。今日も後半はそれを心がけて手応えがあった。そう、工夫すればこの目でもきっと凌《しの》いでいける。穂乃香は自分を鼓舞し、前を向いた。

「僕にも何か読んでよ」

「恥ずかしいから嫌だなぁ」

「読んでるところはもうさっき見たよ。一つでいいから」

「うーん……。じゃあ、ネロの詩は？」

「うん」

茜色に染まり始めた土手道を歩きながら、穂乃香は『ネロ』を暗唱した。

「もうじき又夏がやってくる　お前の舌　お前の眼　お前の昼寝姿が　今はっきりと僕の前によみがえる」

一節を読んだところで、悠斗がその続きを諳《そら》んじた。

「お前はたった二回程夏を知っただけだった　僕はもう十八回の夏を知っている」

「悠斗君、覚えたの？」

「ここだけだよ。次はわからない」

穂乃香は微笑み、次を繋いだ。しばらくすると、「その次わかるよ」と悠斗が挟む。

「ネロ　もうじき又夏がやってくる　しかしそれはお前のいた夏ではない　又別の夏　全

く別の夏なのだ」

「新しい夏がやってくる　そして新しいいろいろのことを僕は知ってゆく　美しいことみにくいこと　僕を元気づけてくれるようなこと　僕をかなしくするようなこと」

かわるがわるに詩を暗唱する二人の頬を春の匂いを乗せた風が撫でていく。道のずっと先では散歩中の犬が尻尾を振り振り無心に歩いている。

「たぶん穂乃香は次で泣くから、次は僕が言う」

ある部分の手前で悠斗が言った。うん、と穂乃香も苦笑する。

「ネロ　お前は死んだ　誰にも知れないようにひとりで遠くへ行って　お前の声　お前の感触　お前の気持までもが　今はっきりと僕の前によみがえる」

悠斗が言った通り、穂乃香の鼻の奥は少し危なくなっていた。悠斗の声で聴く詩は自分で読むのとはまた違ったものに思え、余計に感情を刺激する。

「しかしネロ　もうじき又夏がやってくる　新しい無限に広い夏がやってくる――」

続く最後の一節を読み終えた穂乃香は感心して悠斗を見上げた。

「悠斗君、ほとんど覚えてるんじゃない？」

「やればできる子なんだよ」

あはは、と笑って前を向く。

夏はまだ遠く、土手道は春の息吹に満ちている。眼下に広がる河川敷では春休みを迎えた子供たちがボールを蹴って走り回っていた。冬の間に枯れた土手の斜面のところどころに若い緑が顔を覗かせ、気の早いタンポポが綿毛を膨らませている。そのずっと先に見える鉄橋には夕日の色に染まり始めた春霞がたなびいていた。囀《さえず》り合いながら飛んでいく雀たち、ひな鳥におやすみと呼びかける鳩の歌声。

「綺麗……」

「何が？」

「世界の全部」

少し大げさな言葉に照れつつ見上げると、悠斗の優しい目も西日に染まっている。

突然、彼と歩くありふれた風景が胸に迫った。彼の眼差しを、この風景を、ずっと忘れない予感がした。その予感が悲しい未来を孕んでいたとしても、今この瞬間、二人を包む世界は美しかった。

「心の奥にずっと残る景色ってあるよね。本も心の原風景になるんじゃないかなって思う」

風が運んでくる川の音に耳を澄ませてから、穂乃香は口を開いた。悠斗も気持ちよさそうに風を受けながら「うん」と頷く。

「確かに、小さい頃に見た絵本の一ページを今でも覚えてる。全然有名な本じゃなくて、もう絶版なんだろうけど」

「どんな場面？」

「空は暗い紺色だから、きっと夜なんだ。市場に連れて行かれるお母さんブタのでかい尻が地平線に見えてて、手前の隅っこで小さな仔ブタが涙をポタポタ地面に落としてる。あれは何の絵本だったんだろう。その場面だけなんだけど、読んだ時の感情と一緒に時々ふと思い出すんだ」

「悲しい絵……。何の本だろう。読み聞かせならたぶん泣いちゃって読めないかも」

「今でもトンカツとか注文したあとであれを思い出して〝しまった〟って思う時あるよ。まあでも結局食べるんだけど」

「せっかくしんみりしてたのに」

話の最後が悠斗らしくて笑ってしまった。

駅に近くなると二人は夕焼けの土手を下り、商店街を抜けて駅前のファストフード店に入った。悠斗が窓際の席を選んだので穂乃香はそのまま眼鏡を外さずにいた。紫外線とブルーライトをカットするレンズは黄色っぽく、光が当たると青光りする。悠斗と一緒にいる時、特に彼が正面に座ると、彼が好きだと言ってくれた目をそんな眼鏡で覆ってしまうのは嫌だったが、視力を失うわけにはいかない。

「最近のガキはませてるね」

悠斗がフライドポテトの袋を開けながら何かを思い出して笑った。

「帰りにまた囲まれて騒いでたね。何か変なこと言われたの？」

若い男子が珍しいせいか、悠斗は子供だけでなく母親たちにまで囲まれていた。

「ロボットが描いてある赤いシャツの子がね」

「ああ、わかった。ケンちゃんだ」

「穂乃香お姉ちゃんともうキスした？って」

ちょうどジュースに口をつけていた穂乃香は思わず噴き出し、危うく零しそうになった。

「なんて答えたの？」

「うんって言ったよ。どこでって聞かれたから、大学の図書館だよって正直に言った」

「もう！　恥ずかしくてもうボランティア行けないじゃない」

「どんな味っていう質問にはレモンって言っといた」

「もう嫌」

「お母さんたちも笑ってた」

「お母さんたちの前で言ったの？　司書になれなくなるじゃない！　図書館でそんなことするなんてけしからんってクレームついて」

悠斗は大笑いしていたが、「じゃあ司書になるって決めたんだね」と不意に優しい目をして言った。

「……うん」

はにかみつつ、穂乃香はしっかりと悠斗の目を見て頷いた。

「今日ね、迎えに来たお母さんから『ここで読んでもらった本を子供が欲しがってるからタイトルを教えてください』って言われたの。すごく嬉しかった。あと、絶版になった本を保存することにも関わりたいな」

「それいいね。あのブタの絵本を探してもらおう」

進路の話を悠斗とする時、自分を抑えようとしてもその夢の傍らに彼がいることを願ってしまう。

しかし初めてその話をした旅行の時に比べ、今は穂乃香の胸に苦しい色が混ざり始めていた。車の運転ができない、太陽の下に出られない、文字を読みづらい。そこから派生する様々な制約のもとで、将来普通に家庭を育んでいくことができるだろうか。自分はいつまで彼の隣にいられるだろうか。

店内がにわかに騒々しくなったので見回すと、リクルートスーツ姿の女子のグループが穂乃香たちの隣の席にバッグを下ろしている。悠斗がちらりとそちらを見て言った。

「もう就活が始まってるんだね」

「文系は企業も学生も動くのが早いの」

女子たちの声は大きく、説明会の受付にいた男性社員がイケメンだったなどと言って賑やかにはしゃいでいる。彼女たちは仕事や結婚に引け目を感じることはないのだろう。

そんなことをぼんやりと考え、穂乃香は女子たちから視線を逸らした。するとこちらを見つめていたらしい悠斗と目が合った。彼は真剣な話をする時の表情を浮かべている。

「旅行で、院と就活と迷ってるって話をしたよね」

「うん」

悠斗はほとんど氷だけになったカップをストローでかき混ぜてから、穂乃香をまっすぐに見て背筋を伸ばした。

「やっぱり、院に挑戦しようと思う」

「……うん。きっと正解だと思う。似合ってる」

穂乃香は彼の言葉をしっかり反芻してから力強く頷いた。あの時〝夢と現実〟と彼は表現したが、現実を捨て夢を選ぶのは相当な覚悟があってのことだろう。彼の勇気が眩しくて誇らしかった。

悠斗は真剣な表情のまま話を続けた。

「でも僕が希望する分野の先端は名古屋なんだ。院に行くなら中途半端ではなくてそこを目指さないといけないと思ってる」

それは悠斗が受験で叶わなかった大学だ。長野へのスキー旅行の時、近くにある野辺山の天文台にその大学も研究施設を持っているのだと悠斗は話していた。そこは天文学の聖地なのだそうだ。

「叶うといいね」

頷いたものの、穂乃香は急に不安にかられた。

「遠くなっちゃうね」

いつまでも楽園のような大学生活は続かない。自分たちはもう分かれ道を前にしているのだ。もしかして悠斗は自分との関係を断って遠方に進学するつもりなのだろうか。それでこんなに真剣な顔でこちらを見ているのだろうか。

「そんな顔しないで」

穂乃香と同じく、悠斗も不安そうな表情になる。

「もし受かったら遠くなるけど、それでも付き合っててくれるかな」

それを聞いて穂乃香はほっと身体の力を抜いた。

「よかった……。もうやめようって言われるのかと思った」

「まさか。僕の方が振られるんじゃないかと思って迷ってたのに。遠くなるし、社会人でなく学生のままじゃ愛想尽かされるかなって」

「まさか」

悠斗は真面目で誰からも好かれているし、企業勤めもそれなりに合うのかもしれない。でも彼には今のまま、社会に染まらずにいてほしい気がした。

「いいんだよね？」

「うん。すごく素敵だと思う」

「ありがとう。頑張るよ」

テーブルの上に置いた穂乃香の手の上に悠斗が手を重ね、きゅっと握ってからすぐに放した。人の目がある場所ではこれが限界だ。

「触れたいな」

残念そうに呟いた悠斗に、穂乃香は少し顔を赤くしながら尋ねた。

「名古屋では一人暮らしするの？」

「うん。そうなるよね」

そうしたらもっと二人きりで会える。たぶん今、お互いに考えていることは同じだ。顔を見合わせて笑った。

「私、名古屋までご飯作りに行っていい？」

「トンカツがいいな」

「さっきお母さんブタの悲しい話をしたばかりじゃない」

呆れつつ、穂乃香の頭の中ではおままごとのような空想が広がった。

「でも天文は募集が少ないし、他大学からの受験だし、合格はかなり厳しいんだ」

悠斗によれば卒業研究のテーマもその大学の専門分野に近いものが望ましいという。

「近いんだけど、通用するのか自信がない」

「悠斗君の卒研はどんなテーマ？」

「X線光学。わかんないよね」

「……星座の話しか聞いてなかったから、星座かと思ってた」

一瞬ポカンとした穂乃香がそう言うと、悠斗が笑い出した。

「さすがに本業は星座じゃないよ」

二人の笑い声が聞こえたのか、リクルートスーツの女子たちが悠斗の方をちらちらと見ている。自分と彼が釣り合って見えているのか急に気になり、穂乃香は青光りする眼鏡を外したくなった。

　悠斗は隣の席から向けられている視線には気づいていない様子で、また真面目に話し始めた。

「院試は夏なんだけど、春に名古屋で説明会があるのと、受験に先立って研究室訪問もした方がいいんだ。僕は外部の人間だからね。それの準備もあるし卒研もおろそかにできないし、来月から忙しくなる」

「今よりもっと？」

「うん……ごめん」

「謝らないで。応援してる」

　この日は穂乃香が夕飯当番だったので、悠斗とはあまりゆっくり過ごせない。家まで送るという彼の申し出を「まだ明るいから大丈夫」と穂乃香が断ると、悠斗は捨て犬のような顔をした。

「試験は夏っていってもすぐよ。人生を決める決断なんだから時間がもったいないもん。準備頑張って」

「意外とスパルタだなぁ」

　いくら穂乃香が鈍臭くても、やはり姉気質と弟気質の相性なのか、たまに彼の尻を叩く役割になる。

「受かったらトンカツ作ってくれる？」

「うん。何でも作ってあげる」

「じゃあ頑張る」

笑顔で手を振り、逆方向の電車で帰途につく。姉気取りで強がってみたが、一人になるとやはり寂しかった。

出会いから今までを思い起こしながら、穂乃香は薄闇が迫る窓の外をぼんやりと眺めた。

綺麗なわけでもなく特徴もない上、こんな病気を持っている。彼にとっての自分の価値がわからず、彼の隣に立つ足元が心もとなかった。

この先、彼にとって自分はどんな存在になれるだろうか。こうして彼に負担をかけず一人で歩くこと以外、自分はいったい彼に何を与えてあげられるのだろうか？


病気を隠したまま平穏に過ぎていた日々に小さな事件が起きたのは、四月の検診を終えた翌日のことだった。

夕方、穂乃香が大学から帰宅すると、いつもなら玄関で「ただいま」と声をかければ奥から母の返事が聞こえるのに、何も返ってこなかった。母の靴も瑞穂の靴もあるし、明かりも点いている。妙だなと不思議に思いながらも庭に戻り、為五郎にご飯をやった。為五郎がしきりに甘えてくるので、たっぷり撫でてやる。

「為五郎、ちょっと痩せた？」

少し前まではダイエットさせるべきか考えたほど鞠のように丸かったのに、今はふさふさした毛の下にわずかではあるが骨の存在を感じる。冬の寒さが堪えたのか、毛艶も少し悪い。

「そろそろおじいちゃんだもんね、為五郎」

そう言って撫でてやると為五郎は抗議するように穂乃香の手を軽く噛んだ。為五郎はきっと人の言葉を理解できるのだと穂乃香は思っている。

「わかったわかった。為五郎はまだ若いよ。かっこいいよ」

するとやはり為五郎はご機嫌になり、ゴロゴロと喉を鳴らしてお腹を撫でてくれと言いたげに引っ繰り返る。ひとしきり甘えると為五郎は大儀そうに身体を揺らしてのっそりと起き上がり、一声挨拶してから路地に出て行った。

「行っちゃうの？　パトロールしなくていいじゃない。ずっとうちにいればいいのに」

為五郎は尻尾で返事しただけで振り向きもしない。

「危ないところに行っちゃ駄目だよ。どこか痛かったりしたら言うんだよ。ちゃんと帰ってくるんだよ」

聞こえているのかいないのか、小さな灰色の姿はゆっくりと遠ざかっていった。

最近はこうして見送る度、不安で胸が締め付けられる。為五郎が老いを迎え、終末へと近づいていく気配を感じるからだ。少しずつ食欲が落ちてきたし、甘えてくる時間が長くなった。歩き方も以前のようなしなやかさがなくなり、関節が痛いのかヨタヨタと足を引きずっている。

なのにパトロールを欠かさないのだから、本能とはむごいものだなと思う。暑さ寒さが身体を痛めつけているだろうし、若い猫との喧嘩や車の事故などの危険も多い。野良猫の生活は過酷でストレスが多いため、長生きはできないのだ。家に入れてやりたくても縄張りが手放せないらしく嫌がるし、母も家が傷むからと言って賛成ではない。この先、どうしてやるのがいいだろう？

為五郎の姿が見えなくなっても、穂乃香はぼんやりと暗い路地を眺めていた。頭の中では、為五郎から自身のことへと不安が連鎖していた。

前日の検診では、医師は眉を曇らせた。

『うーん……』

この反応にはもう慣れてしまったが、穂乃香自身は二月の検診から紫外線を避け続け、眼鏡もかけて出来うることはすべてやった自信があったので〝変化なし〟という言葉が聞けるものと思っていた。ところが医師の表情はそうは言っていない。ただ重い溜息を一つついたきり、何かを調べ始めた。

患者を不安にさせないよう、マイナスの懸念は最低限のことしか口にしないのだろう。しかし穂乃香は窒息しそうになっていた。

原因は何なのか、突破口はあるのか、そこに答えがないことはもう知っている。しかし自分がどういう状態でどの段階にいるのかもわからず、いつまで続くのかもわからず、何もすがるものもなくただ浮かび続けていなければならないのが苦しかった。

ようやくこちらを向いた医師の返答は穂乃香の現状を知らせるものではなかった。

『ビタミン剤と、点眼薬を追加してみましょう。点眼薬は緑内障に使われるものですが』

ビタミン剤でこの病気が治るのなら難病指定にはならなかったはずだ。そうとわかっていても出さざるを得ないということは、もはや他に何も打つ手がないということではないのか。規定量より増やしたアダプチノールも功を奏さなかったのだろうか。

『……進んでいるんですか？』

疑念に耐えられずに穂乃香が尋ねると、医師は重い表情で『そうですね』と答えた。

『ただ、たった二か月ですから、劇的にということではありません』

回想を閉じ、薄暗い路地に重い溜息をつく。ビタミン剤と点眼薬、そして前回から増量したアダプチノールに望みを託すしかない。しかし薬の量はかなり多く、そのぶん出費も増えた。たかが数千円の薬代だが、紫外線をカットする眼鏡など予定外の出費と重なり、まだ学生である穂乃香の財布を圧迫し続けている。

悠斗の受験準備のため、今月からしばらくは彼とあまり会えなくなる。寂しいけれど、かえってその浮いた分で何とか凌げるだろう。

浮かない顔のまま家に入るわけにはいかないので、穂乃香は玄関ドアを開ける前に深呼吸し、ドアを開けるのと同時にできるだけ元気に声を張り上げた。

「ただいまー」

「……おかえりなさい」

居間から瑞穂の遠慮がちな声が返ってきた。

「ただいま。どうかしたの？」

居間に入ってみると、母が異様な形相でダイニングテーブルに座っていて、瑞穂は少し離れたテレビの前の座布団の上で小さくなっている。しかしテレビは点いておらず、まるでお葬式のような雰囲気だ。瑞穂が何かやらかして説教でもくらっている最中だったのだろうか。

空気を変えてやらねばと母に話しかけようとした穂乃香は、テーブルの上を見て凍りついた。そこには決して見られてはならないはずのもの——アダプチノールがあった。

薬がさらに増えたため、これまで薬入れに使ってきたポーチに入れようとしたが全部は無理だった。諦めて一部は自分の机の引き出しに仕舞ったのだが、その際に漏れたものだろうか。

沈黙を破り、母が低い声で尋ねた。

「……穂乃香。これは何？」

「これは……目の疲れが気になって、眼科でもらってる薬……」

「なんていう病気なの？」

「…………」

手に持ったままのバッグの持ち手を固く握り締める。

「言いなさい」

低く静かな声だったが、恐怖で足が震えるほど迫力があった。母がここまで怒っているのは見たことがない。

「……網膜色素変性症」

「どういう病気なの？」

「……視野が狭くなるって」

できるだけ気楽な調子で言ったが、母の怒りの表情は変わらない。

「それだけじゃないでしょう」

まさか母がこの病気について知識があるとは思っていなかった。押し殺した声でそう言った母の顔がみるみる真っ赤になり、くしゃくしゃに歪んだ。

「失明するっていうじゃないの！　そんな大事なこと、どうして黙ってたの！」

立ち上がった母の右手が振り上げられたのが見えた次の瞬間、穂乃香の左頬が音を立て、視界が横にぶれた。しかし母が誰かを平手打ちしたのは初めてだったのだろう。それは的から少し外れていて、大した威力はなかった。

「お母さん、やめてよ！」

「どうしてテニス合宿に行ったの！　どうしてスキーなんかに行ったの！」

止めに入る瑞穂の声と母の金切り声が重なった。叩かれたまま顔を背けた格好で歯を食いしばる穂乃香の頬に涙が一粒落ちた。痛くはなかったし、哀しみや苦しみのせいでもない。心は何も感じないよう自らを凍結させたかのように無言だった。

「お父さんみたいに死んじゃうかもしれないのよ！」

母はそう叫ぶなり仏間に駆け込み、仏壇の引き出しを開けて中の物を掻き出し始めた。

瑞穂が穂乃香に近寄り、申し訳なさそうに小声で謝った。

「お母さんがお姉ちゃんの部屋でこの薬が落ちてるのを見つけて、何の薬だろうって言うから私がスマホで検索したの。まさかこんな病気だと思わなくて。ごめん……。ほんとにごめん……」

父の事故から八年余り、平穏でいることをひたすら目指してきた母子三人にとってこれほどの騒ぎは今までになく、瑞穂も半泣きだ。

母が白い包みを持って居間に戻ってきた。

「お父さんの遺品にあったのよ」

テーブルの上に置かれたそれは穂乃香が通っているのとは別の眼科の名前が記載された薬袋だった。中には穂乃香と同じ赤い錠剤のシートが入っている。やはり、という思いで眺める。

「あの時は大変だったから、よくよく調べることもしなかったのよ。お父さんも老眼だって言ってたし、まさかこんな病気だったなんて知らなかった」

母はさきほどまでの剣幕をすっかり失い、椅子に崩れ落ちるように座った。考えてみれば父の葬儀以来、母の涙を見たことがない。ずっと張り詰めていたものがふつりと切れてしまったような姿だった。

「知ってたら止めてたのに。運転なんか……知ってたら何もかも止めてた……」

安物のニットの肩が震えている。真上にある電灯の黄色い光を受け、母の髪に白髪が交じっているのが見えた。

謝りたいのに何も言葉が出てこない。穂乃香は突っ立ったまま、ただ母の震える肩を見つめていた。


「穂乃香が日曜にシフト入れるなんて珍しいね。ゴールデンウィークも結構入れてたし」

「うん。しばらくシフト増やそうと思って」

「ダーリンとは会わないの？」

ワッフル店の更衣室で加奈子がいつもの調子で話しかけてくる。

「悠斗君は院を受けるから、しばらく忙しいみたい」

「そっかぁ。寂しいね。はぁ……私も就活だ」

穂乃香がシフトを増やした理由は幾つかある。

一つは加奈子に言った通り、悠斗と会えないこと。もう一つはボランティア先の図書館で司書としての採用の話が進んでいるので、就活の必要が当面なくなったこと。それから、自宅では少々息が詰まることだった。

あの騒動のあと、落ち着きを取り戻した母は穂乃香に手を上げたことを悔やみ、涙を零して謝った。穂乃香が打ち明けられなかった心情は母も理解してはいたが、父のことも含め突如明らかになった多くの現実を受け止めきれず、感情の暴走のまま穂乃香に投げつけてしまったようだった。

しかしお互いに謝り合い、元の平穏を取り戻したように見えても、家の中の空気はそれまでとはまるで違うものになってしまった。中学生の頃に母が勤務先で口汚く罵られているところを目撃した時から、母を楽にしたいと穂乃香は思い続けてきた。それが今は逆になっている。大学やバイト先は母を苦しめているという自責の念から逃れる避難所のようなものだった。ここでは穂乃香は病人ではない、以前の自分でいられる。

「西島君が名古屋に行っちゃったらどうするの？　遠恋？」

「うん。だから今から頑張って新幹線代を貯めるの」

遠距離恋愛も悪いことばかりではない。悠斗が一人暮らしを始めたら二人きりで過ごせる場所ができるし、掃除をしてあげたりご飯を作ってあげたりもできる。いつもパンパンになっているリュックを見る限り、悠斗は掃除が苦手そうだ。

「やだ穂乃香、なに笑ってんの！　考えてることわかるけど」

加奈子に背中をつつかれながら店頭に出る。日曜勤務は行列が途切れることがないほど忙しいが、穂乃香の顔には久しぶりに笑みが戻っていた。慣れた場所でいつも通りの仕事をするぶんには視力の低下を意識することもなく、一人前に動ける。誰の足も引っ張らず心配もかけず働ける充実感が楽しかった。図書館司書の仕事もきっとそうだ。

ところがこの日、ミスが起きた。

「あっ、もう少々お待ちください。申し訳ありません」

隣を見ると、加奈子が一度箱に詰めたワッフルを取り出し、別のものと入れ替えている。

「どうしたの？」

客の応対が終わってから穂乃香が尋ねると、加奈子は屈んでガラスケースの中にあるトレーの中身を調べ始めた。

「キャラメル味のトレーにストロベリー味が入ってて間違えたの。てか、これ全部ストロベリーじゃん。トレーごと間違えてる」

「ごめん！　それ入れたの私だ」

ついさきほどキャラメル味が残り少なくなったのに気づき、補充したのは穂乃香だ。しかし店頭の黄色い照明の下で、それらは同じものに見える。

「それストロベリー？　キャラメルじゃないの？」

「違うよ。ほら、この二つ以外はみんなピンク色だよ」

「……ほんとだ」

そう答えはしたが、穂乃香の目には以前は難なく見分けがついたはずの薄茶色とピンク色の違いがやはりわからなかった。

「ごめん……」

まただ。背後に影が現れる。今度は今まではなかった色覚障害が始まっている。

「大丈夫！　すぐ気づいたから、誰にも間違えて売ってないよ」

昔、オレンジ色の鉛筆を赤だと間違えた父のことを思い出した。社会で機能できなくなる現実が静かに忍び寄ってくる。それを周囲に隠し続けることの限界がいつか来る。悠斗にも――。

その日の勤務の間、穂乃香はずっと二種類のワッフルを見つめていた。その違いを必死で見分けようとしていた。


六月の検診は穂乃香にとっていつもに増して気が重かった。今回は母がどうしてもと言って同伴しているからだ。

娘が難病なのだから親として当然のことだが、当事者の心理とは不思議なもので、できれば一人でこっそり傷を舐めていたいような気分だった。その理由は診察室に入ってから自覚することになるのだが、今の穂乃香はただ早く終わることばかりを願い、刑執行前の罪人のような気分で待合室の椅子に座っている。

「いつもこんなに待たされるの？」

「花粉症の人、多いからね」

母が隣で溜息をついた。母は貴重な有給休暇を取って今日は仕事を休んでいる。待合室でひたすら待ち続けるこの二時間、二人に会話らしい会話はない。

「テレビ観ちゃ駄目よ、穂乃香」

壁に取り付けられた液晶テレビを見るとはなしに眺めていると、横から母が小声で言った。

「ブルーライトが出てるんだから」

「眼鏡かけてるのに」

「百パーセントカットじゃないでしょう」

今度は穂乃香が溜息をつき、膝に視線を落とした。暇潰し用の本も母がいい顔をしないのでバッグの中に出戻っている。

「今、メイクしてるの？」

「してない」

病気が母に知られて以来、スマホもパソコンも何もかも、果てはメイクまで目に悪いのではないかと言って、母は常に穂乃香を見張り口やかましく制限するようになった。元からゲームなどは一切していないし、スマホ依存ではない。それでも友人との連絡や大学のレポートなど、穂乃香にだって最低限こなさなければならない連絡案件がある。何もせず目を瞑って生きろというのは、すでに失明しているのと同じではないか。八つ当たり的な反抗心と闘っているうち、ようやく名前を呼ばれた。

「お母様もご一緒なんですね」

医師は診断時に穂乃香にしたのとほぼ同じ内容をもう一度母にも説明したが、それらはすでに母が知っていることが多かった。この二か月、母は使い慣れないスマホで暇さえあれば病気のことを検索していた。

「色素変性ってどういう意味ですか？　結局、網膜がどうなるんですか？　治療法はないんですか？」

ネットではわからなかった疑問を母が次々とぶつける。

「現在のところ、お出ししている治療薬以外は有効なものがありません。網膜を元に戻すということではなく病気の進行を緩やかにすることを目的にしていて、効果があるかないかには個人差があるでしょう」

「娘の場合は？」

「そうですね……それは……」

親とはいえ当事者ではないからだろうか。それとも親だからこその真剣さ故だろうか。

母の質問は遠慮がなかった。医師が気の毒になってくる。穂乃香はひやひやしながら見守っていた。

医師が何も言えない立場にあることは、この数か月で痛いほどわかっている。逆にそれだからこそ穂乃香も救われる部分があった。医師の無言で自らを戒めるなり希望を残すなりバランスを取りながら病気を受け入れてきた。

今それが踏み荒らされている。直視しなければならない現実だとしても、今の穂乃香にはまだ早いのだ。悲観に過ぎるとも言い切れない本人だからこその直感で、穂乃香はいずれそれを覚悟しなければならないこと、しかし今はまだそれを知ってはならないと悟っていたのに。

「効果があるかどうかは、正直誰にも断言できません。同じ人間が二人いて、まったく同じ生活条件で、投薬した場合としなかった場合を比べられるわけではないですから」

糾弾する者、弁護する者、断罪を待つ者。願いは同じなのに、まるでそんな構図だ。三者の緊張が暗い診察室に充満する。

「薬が効かなかったら……娘はどうなるんですか？」

母の声が震えている。

「他にないんですか？　人工網膜とか再生医療が進んでるっていうじゃないですか」

穂乃香は目を瞑り、膝の上で手を握り締めた。医師の気遣わしげな視線が一瞬それに向けられる。

それは今まで穂乃香が避けてきた質問だった。聞きたくてたまらなくても敢えてそうしなかったのは、希望を残さなければ耐えられなかったからだ。しかし、もし手段があるなら医師はとっくに教えてくれたはずだ。だから聞かなかったのに。

「新しい情報は僕も常に見ています。患者さんの治療に繋がることがあればちゃんとお話しします」

医師が母をかわそうとする。母が医師に食い下がる。

「テレビでは進んでるって言ってました。ずっと前から再生医療再生医療って」

「治験は始まっていますが、臨床化はまだかなり先でしょう。それも完全に暗闇になってしまった方にうっすらとでも光を戻してあげることが今の段階では限界なのではと思います。完全に元通りにすることは不可能とは言いませんが、現段階では見えていません」

「そんな……娘はどうなるんですか？　再生医療ってそんなものなんですか」

「非常に難しい領域です。早く叶うならそうしています。研究者の悲願です」

母の剣幕につられ、医師の口調もヒートアップする。

「しかし研究には莫大な予算が必要で、今はそれが厳しく――」

「国の支援はないんですか？　難病指定なんでしょう」

「残念なことですが、難病はこれだけではありません。命を落とす病気も数多くあります」

「死ななければいいってことですか！　失明しても――」

「お母さん、もういいよ」

呟きのように小さな穂乃香の声で、母がはっとしたように口をつぐんだ。しんと音がするほど診察室が静まり返る。

しばらくして医師がぽつりと言った。

「……僕も眼科医ですから」

その先の言葉は省略されていたが、母はもう何も言わなかった。

「失明を口にする段階ではありません。視力はあります。ですからとにかく病気の進行を少しでも食い止めて、網膜を長持ちさせることが大事なんです」

　いったいどれぐらい診察室にいたのだろう。カーテンを開けると、中待合で待つ患者たちがいっせいにこちらを見た。カーテン一枚では会話が筒抜けだったようで、まだ若いのにという同情の視線や、長すぎる診察への苛立ちの視線もある。それらの視線に穂乃香は目を伏せて頭を下げ、項垂《うなだ》れて涙を零している母の手を引き足早に廊下へ出た。

「……ごめんね」

　帰り道、診察室を出てからずっと黙っていた母が不意に言った。梅雨らしい空模様で、灰色の空から落ちてきた雨粒が二つのビニール傘の上でボツリボツリと音を立てている。

「何が？」

　聞き返した拍子に穂乃香は水たまりに右足を突っ込んだ。視野が狭くなり始めてからはよくあることで、いつのまにか慣れてしまった。

「いろいろ聞いたり……みっともなくて。騒がしくして」

「どうしてお母さんが謝るの」

　穂乃香は笑った。

　靴の中に入り込んだ雨水が爪先でぐじゅぐじゅと行き場を失っている。子供の頃、学校の帰りに水たまりを飛び越えようとして失敗した時、靴の中はこんな状態だった。帰宅すると母が小言をいいながら新聞紙を丸めて靴に詰めてくれたものだった。あの頃が無性に懐かしくなる。

「お母さん、ありがとう」

これでよかったのだ。嵐が過ぎて残骸の中に立った時も、人はこんな清々しい諦念をもって空を見上げるのだろうか。

「何が？」

「いつも、いろいろ」

それとごめんね、と穂乃香は心の中で呟いた。

雨の日でさえ紫外線を恐れ、一瞬だけ空を振り仰いだ黄色いレンズの上で、一つの小さな雨粒が散った。


八月の下旬、穂乃香は一か月ぶりに悠斗と会った。夏休みに入ってからは大学図書館で会うチャンスがなく、また悠斗も受験が大詰めだったのでデートは我慢していたからだ。

悠斗は数日前に名古屋で大学院の本試験を終えたばかりで、少し痩せたように見える。試験は二日間で、筆記の他に口述試験もあったという。長期にわたる準備と卒業研究との並行はかなり大変だったのだろう。

「合格するかどうかはわからないけど、やるだけやったから悔いはないよ。でも口述は緊張して何答えたかはっきり覚えてない」

それでも悠斗の表情は明るい。

「とにかく終わった！」

久しぶりなのでファストフード店から少しだけ格上げしたカフェの席で、悠斗は吹き抜けの窓を見上げて気持ちよさそうに伸びをした。

「夏がもうすぐ終わるのに、久々に太陽を見た気がするなぁ」

悠斗はチノパンにシャツというういつも通りのさっぱりとした格好だ。しかし穂乃香の黄色い視界では彼の白いシャツは薄い黄色に見える。彼の笑顔も何もかも、昼間は黄色のレンズ越しに見るしかない。太陽が怖くなかった去年の夏が懐かしかった。

「去年の夏は楽しかったね」

テニス合宿を思い出して穂乃香が笑いかけると、悠斗も嬉しそうな顔をした。

「悠斗君に特訓してもらったよね」

「今だから言うけど、穂乃香の脚ばっか見てた。ほら普段は短パンとか穿かないからさ」

「すごく爽やかにコーチしてくれたのに！　せっかくの思い出が台無しになっちゃったじゃない」

「健全な男子の健全な反応なんだよ」

悠斗は笑うと少し垂れ目になる。穂乃香が一番好きな表情だ。

「今年はペルセウス座流星群を観られなかったなぁ。来年はまた一緒に観ようよ」

「うん」

「その場所が名古屋でありますように！」

願をかける悠斗を微笑んで見守る穂乃香の胸の底に葛藤が沈殿している。

悠斗と会えない間に、穂乃香の心に迷いが生じていた。それが顕在化したのは母を伴った六月の検診からだ。治療の道が事実上ないことを明言されたあの時から、穂乃香はいつか自分が身体障害者になるという覚悟と少しずつ向き合おうとしてきた。しかしそれはまだ中途で、悠斗とのことも直視できていない。こうして顔を見てしまうと、その覚悟はさらに後退してしまう。今はまだ見えている。完治の可能性がゼロと決まったわけではないのに、彼と別れる決断などできるはずがない。

「あ、水はセルフサービスなんだね。取ってくるよ」

考え込んでいた穂乃香は悠斗の声で我に返った。

「私も一緒に行く」

穂乃香も立ち上がる。久々に会えたのだから離れていたくないのだ。

しかしドリンクコーナーの手前まで来ると、穂乃香は少し歩調を緩めて注意深く棚を凝視した。最近、こういうセルフサービス店ではいつもそうなってしまう。水やスプーン、ストローはどこにあるのか、食べたいメニューがどのコーナーにあるのか、他の人のように一目で見つけられないのだ。

傍目に違和感がないよう、迷惑をかけないよう行動するためにはできるだけ後方に並び、他の客の動作を観察する。逆に後ろに並ばれた時は焦ってしまい、あまり見えないまま自分が食べたいものを諦めることもよくあった。そして帰る段になると席を立つ前に店内を観察し、食器返却口はどこなのかを見定めてからでなければ動けない。でないとトレーを持ったまま通路で立ち往生して他の客の邪魔になってしまうからだ。

今日はウォーターサーバーと水用の紙コップの在処《ありか》をすぐに見つけることができ、穂乃香はほっとした。

「私が注ぐね」

ところが張り切って引き受けたものの、うまくいかなかった。

「あ、溢《こぼ》れてるよ」

隣でトレーやお手拭きを用意していた悠斗がすぐに台拭きを見つけて拭いてくれる。穂乃香には白い紙コップのどこまで水が入っているのか見えず、気づけば溢《あふ》れてしまっていた。

「ごめんね」

些細なことだがショックだった。さっきは十円玉と百円玉を間違えて店員に指摘され、さらにその際に床に落とした硬貨を見つけられず、悠斗に拾ってもらった。小さな失敗が一つ一つ増えていく。普通に生活できなくなる日が一歩一歩近づいてくる。

「疲れてる？」

悠斗が怪訝そうに穂乃香の顔を覗き込む。

「早めに帰ろうか」

「ううん、違うの。久しぶりにちゃんと会うから、なんか緊張しちゃって」

穂乃香は慌てて首を横に振った。

「僕も緊張してる。ほら、手が震えてるし」

「それ歩いてるから揺れてるだけじゃない」

「でも口述の時はほんと手が震えててさ。手に持ってる紙がブルブル揺れてるんだよ。ちょっと恥ずかしかった」

水をのせたトレーをわざと揺らしてみせ、悠斗が笑う。異常に気づかれなかったことに穂乃香は胸を撫で下ろした。

「受験が終わったお祝いしないとね」

「あ、そうだ。冬にまた旅行しようよ。卒業記念も兼ねて」

そう言って悠斗がリュックを探り始めた。例によっていろんな物が邪魔をしてなかなか目的の物が取り出せない。天文学の文献やらデータを印字した紙の束に邪魔されながら、ようやくパソコンが出てきた。

「パソコン持ち歩いてるの？」

「午前中、大学に寄って来たから。まだ卒研が真っ最中だし」

「夏休みなのに」

「穂乃香と会えるから、今日は早起きして急いで観測データを取って、用事を片付けてきた」

悠斗はまた照れ笑いを見せた。どうして彼はこんなにまっすぐなのだろう。幸せであればあるほど、比例して葛藤は強くなる。

「長野でもいいし、前に穂乃香が行きたいって言ってた湯沢温泉でもいいし」

「行きたいな……」

もうスキーはできない。流星も見えない。病気によって狭められていく穂乃香の世界の中に、いつか悠斗は収まらなくなる。すでにそうなり始めている。

言ってしまおうか？　穂乃香は一瞬、衝動的に考えた。言えば悠斗は当然のこととしてスキーも流星群も、その他のいろいろなことを彼の中から排除するだろう。でも──。

葛藤を振り切るように心の中で瞑目する。

「行けそう？」

「うん……行く」

そう答えた時、穂乃香は自分が後戻りできない選択をしたことに衝撃を受けた。

スキーが穂乃香の目には自滅行為であるということそれ自体ではない。自分は二人の時間に時限があることを受け入れた。彼に病気を打ち明けないという選択はそういうことだ。

穂乃香の閉じていく世界に悠斗を道連れにすることはできなかった。

「湯沢がいい？　少し宿泊先を見てきたんだけど、穂乃香が好きなところ選んでいいよ」

悠斗が穂乃香にも見えるよう画面をこちらに向けながらホテル一覧を開いていく。今の穂乃香にはそのカーソルの動きがもう見えない。ちょうど一年前、病気を告げられた時の穂乃香は医師のカーソルをしっかり追っていたのに。こうして進んでいくのだ。

「いろいろあるから見てみて」

「悠斗君がいいと思ったのは？」

パソコンをこちらに寄越そうとした悠斗に穂乃香は聞き返した。彼の前で操作することを回避するためだ。

「ええとね……これとか。あ、これ良くない？　部屋に露天風呂がついてるやつ」

悠斗が再び操作を始める。キラキラと楽しそうに輝くその表情を見つめる。愛おしくて、眩しくて、苦しくてならない。膝の上の手を固く握り締める。

「まさか一緒にお風呂に入るとか？」

「当然だろ」

「いやだ、絶対」

「地味に傷つくんだけど」

「全然傷ついてる顔してないよ」

「やらしい意味じゃないって。露天風呂に入りながら流星って良くない？」

このまま治療の道に奇跡が起きなければこの旅行が最後の思い出になり、いつか――おそらく卒業の時、悠斗を傷つけることになるのかもしれない。気楽な会話を繰り広げて笑いながら、穂乃香は奇跡を願った。


秋の新学期は悠斗も穂乃香もそれぞれに多忙だった。悠斗は大学院に無事合格し、今は四年間の総仕上げである卒業研究が大詰めを迎えている。穂乃香は病気の先を見据えて下級生に交じり公務員試験受験講座を受け始めたのと、大学病院で何度か受診したのとで日々はいっぱいだった。

大学病院を訪れたきっかけは、十月の検診にも母が同行して医師に紹介状を書いてもらい、セカンドオピニオンを求めたことだった。

初診のあと日を改めてあの面倒な検査を再度行い、さらにまた結果を聞きに行くという三度の手間をかけたが、得られた情報はこれまでと同じようなものだった。むしろ希望ではなく、一年前より視野狭窄が進んでいる結果を可視化された落胆だけが収穫だった。ただ大学病院にまで足を運んだことで、やれるだけのことはやったと納得できたことは大きい。母がいなければ、自分からここまでは行動できなかっただろう。

三度目の受診日は母の仕事の都合がつかなかったため、穂乃香一人で訪れていた。母が検査結果を目の当たりにするとまたショックを受けるだろうし、この方が良かったと思う。

「今後はどうされますか？　アダプチノールの投薬ならお近くの、ええと……萩野《はぎの》眼科さんですね、これまで通りそちらでも受けられますが」

医師が話している最中に看護師が机に何かの書類を置いた。医師はちらりとそれを見て頷き、また穂乃香に話を続けたが、それは穂乃香には関係ない書類のようだった。

大学病院は花粉症の患者で溢れているわけではないが、絶え間なく重度の患者を受け入れる多忙さは見て取れる。その多くが高度医療ならば治療に可能性を望める患者で、治療の道が閉塞状況にある立場としてはどことなく疎外感があった。同じ治療――と呼べるのか治療法がないのだが、薬をもらい眼底を確認するだけなら小さな病院で対応できる。大学病院でなければならない理由などないのだ。

「……そうします」

「では今回の検査結果は萩野先生にお送りしておきます」

医師はそれまでより愛想のいい笑顔で答えた。

厄介者のまま終わったような気分で頭を下げ、会計で診療費を払う。狭いながら視力を残しているためか、今のところ医師はまだ穂乃香の身体障害者手帳の申請に腰を上げてくれる様子はない。国費の支援はなく、症状も何もかも半殺しのまま耐えている気分だ。

巨大な建物の一階ホールに下りると、来る時に通ったはずなのに視野が狭いため既視感がなく、右も左もわからない。会計も出口も他の患者の後ろをついて歩いて見つけた。慣れない場所、特に広い場所では何をするにも無駄に時間がかかってしまう。

駅までの道はこれまでに母と二度通っているので何とか歩けたが、慣れない駅では行き先表示の文字をはっきり判読することができず、駅員に尋ねなければならなかった。乗り換えの渋谷駅ではあまり知らない改札口に出てしまい、どちらに進めば良いのかわからない。乗客はみんな一歩も迷うことなく進む方向を見定め、大きな川のように淀みなく流れ続ける。そのうち穂乃香は背後から小突かれ、よろめいてバッグを落としてしまった。雑踏の中でバッグが踏まれ、サッカーボールのように蹴られて転がっていく。

「ごめんなさい……すみません」

屈んでバッグを拾う際にも人の流れをせき止めてしまい、穂乃香は頭を下げ続けた。舌打ちの音が耳に刺さる。やっとのことで脇に寄り壁に張り付くと、穂乃香はほっと安堵の息をついた。それから目指す路線の案内がどこかにないか、じっくり探した。文字は読めなくても、路線ごとの色分けで判断できる。

そう、まず壁を目指せばいいんだ。

こうして穂乃香は視野が狭いなりの手段を一つ一つ身につけていた。社会で〝普通〟に存在し続けようとしていた。恥ずかしさと情けなさに慣れようとしていた。

しかし、ふと心が力を失う瞬間がある。目指す表示を遠くに見つけても、穂乃香はしばらく壁にもたれていた。目の前を人波が流れ続ける。こんなに大勢の人間を前にしながら、空虚で孤独だった。バッグについた汚れを手のひらで拭う。悠斗にはこんな姿を見せたくなかった。

「疲れた……」

乾いた溜息が一つ、雑踏の中に消えていった。

「穂乃香、ちょっと手伝ってもらっていい？」

「……あ。ごめん」

夕飯を支度している母から声をかけられ、穂乃香は閉じていた目を開けて椅子の背もたれから慌てて身体を起こした。

「寝てたの？」

「ううん。課題のこと考えてただけ。ごめん、気づかなくて」

穂乃香は母に笑ってみせたが、実はここのところずっと頭痛に悩まされていた。視力があるうちにと公務員試験受験講座を受講し始めたが、課題のレポートを仕上げるパソコン作業がひどく目に堪えるのだ。

パソコンはカーソルのサイズを最大に設定しているが、それでも見失う。かなりの時間をかけてカーソルを見つけ出しても、動かせばまたすぐに見失うという、この繰り返しだ。同じレポートを作るのに他の学生の数倍以上時間がかかってしまう。そしてその間中、残された網膜を破壊するブルーライトに目を晒し続けている。いくら眼鏡をかけていようと、ブルーライトはかなりの率でレンズを透過している。見えない敵の恐怖は消えないのだ。

社会人になり仕事をするようになればパソコン作業は必須になるし、図書館司書もそうだ。読み上げ機能などで工夫できないかと、それらの使い方や設定を落ちた視力で探す間に時間も目の体力も消費してしまう。穂乃香の目はロウソクに似ている。社会についていくことが病気の進行を早めるという皮肉な現実だ。言い訳にするものか、こんなことでは駄目だと思うのに、目が思うように機能してくれない。

最近では日常最低限のことをこなすだけで消耗し、目は常に熱を持ち涙が滲んでいる状態だ。小さな視野と落ちた視力だからいつも気を張り、目を凝らしていなければならない。それでも人並みにできないことは増えていった。授業に出れば板書が一文字ずつしか見えず、視線を動かすと見失う。写し終えないうちに消されてしまうことが多かった。ノートの罫線が見えにくくなり、穂乃香の字は始終はみ出していた。

大好きな本を読むのも重労働になった。一文字ずつ追いかける状態で、文章を見渡すことができないのだ。単にたまたま調子が悪くて見えにくいのだと思っていたが、いつのまにかそれは常のことになっている。

しかし、いつ諦めればいいのかがわからない。諦め方もわからないし、諦めたくもない。できることは減りつつも、傍目にはまだ普通に生活できているのだから。

「これ、もう運んでいいんだよね？」

穂乃香は元気に見えるよう明るく声を張り上げた。しかし威勢のいい声音とは裏腹に、三人分の煮物と箸をのせた盆を運ぶ動きはゆっくりだ。何かに躓いたりテーブルの上の物が見えずに引っ繰り返したり、簡単なはずの動作にも落とし穴があるので気を抜けなくなっている。

ところが箸置きに箸をのせる際、一本を床に取り落としてしまった。拾おうとして慌てて屈んだ次の瞬間、鈍い音を立てて穂乃香の頭が跳ね返った。椅子の背が見えず、額を強打したのだ。

「すごい音がしたわよ。……穂乃香、どうしたの！」

母が台所から走り出てくる。

「大丈夫、ちょっとうっかりしちゃって……」

痛みのあまり額を押さえて床に蹲《うずくま》っていた穂乃香は無理に笑いながら起き上がった。目の前にはまだ星が飛んでいる。

「大丈夫だよ」

そう繰り返す穂乃香を見つめる母の顔から表情がそげ落ちていく。しかし母は何も言わなかった。母は無言で屈み、床に転がっている箸を拾った。

「大丈夫だから」

「……手伝いはいいから、しばらく横になってなさい」

母が持ってきてくれた氷嚢《ひょうのう》を額にのせ、目を瞑る。視野の上半分は欠損部分が大きく頭をぶつけることが多いとわかっていたのに油断していた。母にあんな顔をさせたくなかったのに……。

しばらくして瑞穂が帰宅した。

「ただいま！　お姉ちゃん、為五郎が待ってるよ」

「もうそんな時間？　行ってあげないと」

穂乃香は慌てて氷嚢を外し、起き上がった。

「おでこ、どうしたの？」

「さっき椅子にぶつけちゃったの」

「ドジだねー」

状況を知らない瑞穂の明るい反応に少し救われる。しかし瑞穂は「疲れたぁ」と椅子に座ってから顔を曇らせた。

「為五郎、なんか最近調子悪そうじゃない？　私じゃ駄目みたいで、呼んでも蹲ったまま植え込みから出てこないの」

「やっぱりそう？」

穂乃香も以前から気にはなっていたが、最近は自分のことで余裕がなく、一通りの世話をしてやるだけで精一杯だった。家で面倒を見ることができれば、為五郎の小さな変化に気づいてやれるのに。

穂乃香は台所の入口に立ち、思いきって母に切り出した。

「ねえ、お母さん。為五郎を家に入れてあげちゃ駄目？　私が面倒見るから。動物病院にかかる費用もバイト代で払うから」

母は天ぷらを揚げる手を止めず、こちらに背中を向けたまましばらく黙っていた。換気扇の唸りと油が跳ねる音ばかりが響いている。聞こえなかったのかと思い、もう一度穂乃香が口を開こうとした時、母がぼそっと言った。

「穂乃香には世話できないでしょう。いずれ人の世話にならなきゃいけない身なのに。バイトだって務まらなくなるのよ。就職だって無理でしょ」

何も言い返せなかった。黙って台所を離れ玄関に向かう穂乃香の背中を瑞穂と母の声が追いかけてくる。

「そんな言い方ないよ！」

「一時の感情に任せて決めるのは簡単だけど、無責任でしょう。何事もそうよ。先々のことを考えないと周囲や相手のためにもよくないわ」

二人の会話は閉じた玄関ドアが遮断し、それ以上は聞こえなかった。聞く必要もなかった。すべてその通りだ。これまでいろいろなことを諦めながら父親の分まで責任を負って家族を支えてきた母の言葉は重かった。

「為五郎。……為五郎」

苦しい心を押し殺し、穂乃香は茂みに向かって優しい声で呼びかけた。

「為五郎」

何度か呼ぶと茂みがカサカサと音を立て、灰色の小さな姿がゆっくりと玄関の石段をよじ登ってきた。以前なら一跳ねで飛び乗ってきた三段を為五郎はやっとといった様子で一段一段と登りきり、穂乃香の膝に無言で顔をこすりつけた。

「為五郎、しんどいの？　どこか苦しいの？」

灰色の猫は何度も何度も、ただ穂乃香の膝に顔や身体をこすり続ける。為五郎が愛情を伝える仕草だ。今日はいつにも増して長く、それを見ているうちに穂乃香は余計に辛くなってきた。

「為五郎、ごめんね。もうすぐ目が見えなくなっちゃうかもしれないの。そうでなければ為五郎の病院代も、暖かいお家も用意してあげられるのに。ごめんね」

先日、バイト先の新店長に呼び出された。ミスが多く動作も遅いと指摘され、やる気がないと注意を受けたのだ。台の上のトレーが見えず引っ繰り返してかなりの数のワッフルを無駄にしてしまったことがあり、それが大きかったのだろう。穂乃香自身もショックだった。思いきって進行性の弱視だと説明してみたが、新店長はかえって不愉快そうに顔を歪め、呆れ笑いを浮かべた。言い訳だと思われていることは明白だったし、ミスしたことは事実なので、穂乃香はそれ以上何も言わなかった。子供の頃から知っている。規格外の人間に対し、社会はそういうものなのだ。しかし、努力しても迷惑をかけてしまうやるせなさや肩身の狭さを抱えながら、それでも生きていくためには社会で存在し続けなければならない。

「大丈夫、辞めないよ。為五郎のご飯分ぐらいは頑張らないとね。ほら、ご飯だよ」

話しかけながら皿に餌を入れてやる。プラスチックの皿で乾いた音を立てる茶色の粒が今日はやけに空しく見える。自分にはこんなことしかできないのだろうか。

「食べないの？　カツオのいい匂いがするよ」

手のひらにのせた餌を為五郎の鼻面に近づけてやったが、為五郎は少し舐めただけですぐにまた穂乃香の膝にすり寄った。

石段のコンクリートは氷のように冷えていた。そこに座る小さな身体にはどれだけ堪えているだろう。

「寒いね」

穂乃香は石段に腰掛け、為五郎を抱き上げて膝に乗せてやった。そうしてやるのは初めてだった。用心深い野良猫だから嫌がるだろうと思ったのに為五郎は抵抗せず、ゴロゴロと喉を鳴らして穂乃香の腹に顔をすり寄せる。その音は弱々しかった。それでも小さな体には確かな体温があり、穂乃香の腕に腹にじんわりとしみ込んでくる。まるで孤独を分け合うように穂乃香と為五郎は身体を寄せ合った。

しばらく抱っこして温めてやっていると、為五郎は気が済んだように膝の上から降りた。

「どこいくの？　ご飯は？」

路地へ出て行こうとしていた為五郎は足を止め、穂乃香を振り返って一声鳴いた。そしてまた歩き出した。ヨタヨタと、ゆっくりと、灰色の姿は小さくなっていく。

「ご飯は寝床に入れておくからね」

母が天ぷらを揚げてくれていたことを思い出し、冷めてしまっては申し訳ないので穂乃香は為五郎が遠ざかっていくのを見るとすぐに家に入った。さきほどのやりとりでへそを曲げたとも思われたくない。この時は後になってそれを後悔することになるとは思わなかったのだ。

翌日の朝に為五郎の寝床を見ると帰ってきた形跡はなく、餌は穂乃香が置いた状態のままだった。その夜も、その翌日の夜も、寝床に敷いた毛布の皺は変わらず、取り替えた餌は手つかずのまま数匹の虫が這い回っているだけだ。こんなに長い時間、為五郎が戻ってこなかったことは今までにない。

この時になって穂乃香はあの日為五郎は穂乃香に別れを告げていたのだと悟り、血の気を失った。決して世間受けするような見た目の猫ではなかった。これまでも他に手を差し伸べてくれる家はなかったはずだ。あの弱った身体で、どうやって生きていけるというのだろう?

「為五郎!」

凍てつく北風の中、穂乃香は夜道に飛び出した。為五郎は自分しか頼る者がいないとわかっていたのに、なぜ全力を尽くせなかったのか。

『穂乃香には世話できないでしょう。いずれ人の世話にならなきゃいけない身なのに』

誰も救えない、誰の役にも立てない、人の世話にならなければ生きていけない身になる空しさと肩身の狭さ。そんなものは言い訳だ。しかし、失明していく身ではすべてを抱えきれなかった。自分の非力さを責めた。為五郎に弱音を吐いたことを責めた。

「為五郎……!」

為五郎が行きそうなところを思いつく限り歩き回った。呼んでも返事はあるはずもなく、茂みを覗けば視界で捉えることができなかった木の枝が頬を刺した。

「為五郎……ごめん」

そのうち穂乃香は暗い路地で足を踏み外し転倒してしまった。明かりが少なく、側溝が見えなかったのだ。慣れた遊歩道を日々歩く分には気づかなかったが、知らない夜道は穂乃香にとってただの暗黒の世界だった。すりむけた膝に土が染みる。

立ち上がろうとして、空を見上げる。星は一つも見えなかった。十二月の夜空――そこに輝いているはずのリゲルも三ツ星もベテルギウスも。穂乃香の目ではもう一つも見ることはできなかった。

薄々わかっていた。だから最近は夜空を見ようとはしなかった。それでも目をこすり、瞬きしては目を凝らす。

――見えない。どうしたって、もう見えないのだ。

「ごめん……為五郎……」

ずっと耐えてきた心がついに力尽きた。愛おしい存在を守りたかったのに。

小さな命を悼み、真っ黒な世界の孤独の中で、ただ泣いた。


あれから何日が過ぎただろう。

十二月の検診に向かうため、玄関を出ようとした穂乃香は足を止めて土間の片隅にぽつんと残されている緑色の袋を眺めた。母に買い物を頼むとたまに間違えて青い袋のササミ味を買ってきてしまい、カツオ味が好きな為五郎に微妙な顔をされたものだった。この袋を開ける穂乃香を嬉しそうに見上げていた為五郎はもういない。

結局、為五郎はあれきり帰ってこなかった。幾日も探したが、亡骸すら見つけられなかった。寿命だったのだと思う。でも最後ぐらいは温かな腕の中で見送ってやりたかった。

泣いて腫れた目を毎朝のように水で冷やしている穂乃香を見て母は何も言わなかったが、瑞穂によると母も何度か為五郎を探して歩いてくれたらしい。

そのせいだろうか。穂乃香が湯沢温泉に行ってもいいかと尋ねると、湯沢と言えばスキーで有名なのに、母は反対しなかった。

『友達とゆっくり旅行できるの最後だし』

穂乃香がそう言うと母は泣き出しそうな目で笑い、『楽しんできなさい』と頷いた。

今回の検診で穂乃香はあることを決意していた。この日、医師は大学病院から送られているはずの検査結果には触れず、二か月おきに繰り返される通り一遍の診察を行った。

「紫外線は避けてね」

「……先生」

いつもの注意で診察が締めくくられようとした時、穂乃香は正面から医師の目を見た。今まで直視できたのは医師が横顔の時だけで、目を見て話すのは初めてだった。

「先生。私の目は、医学の進歩を待てますか？」

単刀直入に聞くと医師の目が一瞬揺らぎ、わずかに焦点を穂乃香の目からずらした。背後に立つ看護師は微動だにせず、存在を消している。

医師が黙っているので、穂乃香は続けた。

「私、大学四年生で、もうすぐ卒業します。就職であったり、人生であったり、大切なことを決めなければいけない時期なんです」

医師の顔が気の毒そうに少し歪んだ。苛立ちの一歩手前ぐらいの感情が穂乃香の胸で燻る。憐れみはプライドを傷つける。雑踏で向けられる舌打ちや腹立たしげな視線よりも。

しかし今はそんなことはどうでもよかった。胸の濁りを無視し、話し続ける。

「周囲や相手に責任をもって、先々のことを決めなければいけない時期なんです。できることとできないことを見極めなければいけないんです」

一言一言を繋ぐ穂乃香の脳裏に灰色の小さな猫が、家族の顔が、未来を描いた図書館が、そして悠斗の笑顔が浮かんだ。

「お気遣いくださっていることはわかっています。でも治療法の進歩のスピードと私の病気のスピードを比べれば、先生はこの先をご存じのはずです」

予め用意してきた台詞のように、言葉が穂乃香の口から澱《よど》みなく流れ出た。心はまるで少し離れた場所に立って自身を見守っているように落ち着いている。

医師は一度口を開きかけ、そのまま止まってしまった。この病気が行き着く先は一つしかない。それをわざわざ医師に言わせることに意味があるだろうか。それでも穂乃香は医師の顔を見つめて続きを待った。

「おそらく、ですが一般的に発症年齢が早ければ早いほど進行が速いなという印象です」

「発症年齢は普通はどれぐらいなんですか？」

六月に医師に食い下がった母と今の穂乃香は似ているようで、求めているものは逆だ。

「一概には言えません。ただ……二十歳は早い方です。それもたぶん二十歳で発症したというより以前から発症していて、かなり進んだ状態での発見だったんでしょう」

「……わかりました」

穂乃香は微笑んで頭を下げた。遠回しの事実ばかりだが、これが限界なのだろう。

「ありがとうございました」

「――佐々木さん」

立ち上がりかけた穂乃香を医師が呼び止める。

「それでも頑張ってもらいたいんです。視力を失うまで、できるだけ長くご自分の目でいろんなものを見ておいてほしいんです」

皮肉なことに、医師の励ましはこの日聞いた中で最も覚悟を促すものだった。


「そんな大荷物で駅まで行ける？」

「荷物、送ればよかったのに」

年が明け、まだ日の出前の真っ暗な庭に母と瑞穂の賑やかな声が響いた。大きなスキーバッグを抱えて石段を下りると、穂乃香は玄関に立つ母と瑞穂を振り返った。

「ゴーグル、ちゃんと着けなさいよ」

「お土産よろしく！」

「寒いからもう閉めるね」

ドアを閉じると庭は再び暗闇と静寂に包まれた。ドアに下げられた正月の小さな玉飾りが玄関灯の仄かな明かりを受けてぶらぶらと揺れている。父がいた頃はもっと大きく豪華な飾りだったように記憶している。今はごく小さいものだが、母は家族の無病息災を願い、毎年欠かさず飾ってきた。医学に神仏の力は及ばないとわかったのに、それでも飾り続ける母の想いが悲しく愛おしく、見ているとやるせない気分になる。

白い息を勢いよく吐き、軒下にまだ残してある為五郎の寝床にも「いってくるね」と声をかけると、穂乃香はスキーバッグを転がしてまだ暗い早朝の道を歩き始めた。

正月三が日を終えた東京駅はUターンラッシュが始まっているのか、早朝から混雑していた。

「穂乃香！」

人混みの向こうで黒いダウンに白いマフラーをもこもこに巻いたいつもの出で立ちの悠斗が手を振っている。天体観測が好きなくせに意外と寒がりなのだ。遠くから穂乃香を見つけ、人の流れを横断するのに苦労している穂乃香を迎えに来る。

「穂乃香は小さいから人混みじゃ危なっかしいよ」

穂乃香の手を引き先導しながら悠斗が振り返る。

「手を放すといなくなっちゃいそうだ」

「小さいは余計だよ。あと二センチで標準身長だし！」

〝いなくなる〟という言葉が穂乃香の胸を刺したが、怒ったふりをする。それから悠斗の手をしっかり握り返した。あと何回この手に甘えていられるだろう。あと何回で自分はこの手を放すのだろう。この数か月ずっと考えて決めた結論なのに、遂げる自信がない。

でも新幹線乗り換え口が見えてくると気分は高揚してきた。父がいなくなってから家族で旅行をすることもなく、乗り換え口を横目に見て通り過ぎるだけだった。新幹線に乗るのは父がいた子供の頃以来だ。

「切符を二枚重ねて入れるの？　ちゃんと二枚とも返ってくる？」

上越新幹線・東北新幹線と書かれた改札機の列に並びながら、穂乃香は悠斗を見上げた。

「大丈夫大丈夫」

遠足に向かう子供のように落ち着きのない穂乃香を見下ろし、悠斗が笑う。

改札機で無事に切符を二枚返してもらうと、悠斗の手をしっかり握り、人混みを縫いながらホームを目指す。最近は苦手になっていた人混みが、悠斗と手を繋いでいる今は人にぶつかりそうになって頭を下げることすら楽しかった。

新幹線に乗り込むと、隣では脱いだダウンジャケットや荷物だらけの席で悠斗が長身の身体を何とか居心地よく収めようとごそごそしている。

「新幹線に乗るとまずやっちゃうよね。自分の部屋づくりみたいに」

「うん、楽しい」

返事する穂乃香も荷物から出した朝食の駅弁やお茶をテーブルに並べたりするのに忙し

い。

「最高に散らかした頃に着くんだよなぁ」

「あー悠斗君散らかしそう」

「でも自分の部屋は綺麗だよ」

「どうだか」

結局、置き場のない悠斗のダウンは二人の膝掛けになった。落ち着くポジションに定まった悠斗はぬくぬくと満足そうだ。

「悠斗君、ストーブの前の犬みたい」

「確かに今、犬の気分だ」

いい案配にリクライニングした椅子で悠斗が目を閉じ機嫌良さそうに言った。

「ロンがさ、狭い犬小屋の中でお気に入りの毛布とかじりかけの靴をあっちにやったりこっちにやったり模様替えしてた。小さい部屋で、持ち物は二つしかないのに楽しそうだったなぁ」

「そういう幸せ、いいよね」

「うん。僕の理想はあれだな」

「そのわりに悠斗君、荷物多いよ。めちゃくちゃ重いし」

「いや、だってまあいろいろ要るんだよ。穂乃香に解説するための本とか」

悠斗は天文学さえあれば幸せなのだろう。そんな彼を支えていけたらどんなにいいだろうと思う。

　悠斗がふと思い出したように尋ねる。

「そういえば旅行の間、為五郎のご飯はどうするの？　妹さんに頼んでるの？」

「……うん」

「最近、為五郎に会えてないなぁ」

「為ちゃんはお出かけが多いからね」

　為五郎と顔なじみの悠斗に打ち明けてしまいたかったが、新幹線の中で号泣してしまいそうなので穂乃香は適当にごまかして窓の外を向いた。悠斗とはこの旅行を最後の思い出にするつもりだ。もう遊歩道を悠斗が通ってくることもないのだから、為五郎のことを説明する必要もないだろう。鼻の奥が痛くなる。為五郎も悠斗も、大切に思う存在を幸せにすることが自分にはできなかった。

「あ、動き出した」

　赤くなった目を見せるまいと穂乃香ははしゃいだ声を装い、窓にかじりついた。次の新幹線を待つ列、孫を見送りに来たのか笑顔で手を振る老夫婦。それらが最初はゆっくりと滑るように後方に流れ、加速しながら遠ざかる。

「お腹空いた」

　ところが背後から聞こえた子供のような台詞で郷愁は呆気なく壊れ、穂乃香は笑いながら悠斗を振り返った。

「もうお弁当食べちゃおうか」

越後湯沢までの道のりはあっという間だった。ホテルは悠斗が希望していた露天風呂付きではなく、ごく普通のタイプだ。正月の割増料金のため、とてもではないが手を出せる額ではなかったのだ。にも拘わらず今回はなぜ正月シーズンを選んだのかなというと、三大流星群の残りの一つ、しぶんぎ座流星群のピークに合わせたからだった。

「ペルセウス座とふたご座流星群はもう二人で見たしね」

穂乃香は曖昧な笑顔で頷いた。本当は穂乃香が観ることができたのはペルセウス座流星群だけで、今後それが増えることはない。

前回と同じように昼間にスキーで遊んだ二人は夕飯と風呂を済ませ、部屋で休んだあとベランダに出た。

「来年こそは露天風呂がいいな」

「まだ言ってる」

二人で毛布にくるまり、空を見上げる。去年と違って心は穏やかだった。星が見えないことはもうわかっている。でも今、穂乃香の目が捉えている暗闇は無ではなく、紛れもない宇宙だ。悠斗と見上げる最後の空になるだろう。

「大きなプラネタリウムだね」

〝星が見えない雨空でも恒星図が空にペタッと貼りついて見えるよ〟

いつかの悠斗の言葉通り、暗闇に満天の星を描く。

「今、流れたよ。見えた？」

「うん」

早速星が流れたらしく、悠斗が嬉しそうに穂乃香の方を向く。彼の輝く目を見つめ、穂乃香は笑顔で頷いた。

「うわ、連続！　今年は多そうだな」

「綺麗だね」

嘘をつきながら心の中でごめんねと呟いた。本当はずっと悠斗のそばにいたかった。失明することよりも、悠斗を失うことの方が怖かった。それでも、これを最後に諦める。

「あ、また流れた」

「ほんとだ」

毛布の中で悠斗にぴったりと寄り添う。じかに感じる温もりと彼の声を忘れないよう、身体に刻みつける。ふわりとやわらかで優しい声を。

「穂乃香」

ずっと空を見上げていた悠斗が不意にこちらを向いた。星が見えない穂乃香にも、悠斗がとても真剣な表情を浮かべて自分を見つめているのがわかった。穂乃香の目は他の何が見えなくても悠斗だけは必死で捉えようとする。

「なあに？」

声の震えを抑え、穂乃香は悠斗を見つめてやわらかに問い返した。愛おしさ、慕わしさ、そして苦しさ。誰かを愛することは、いつか来る別れのあとの苦しみと孤独を覚悟することでもある。

「たぶん、大学院では後期課程まで進むことになると思う。その間はまともな収入もないと思うし、そのあとも大きな収入に結びつく学問じゃない。僕はそれでも天文に進みたい」

穂乃香も天文学の大学院進学について調べていたからそれらは知っていた。金のためではなく、純粋に夢を追う悠斗を誇らしく思っていた。

しかし同時に、悠斗を諦めなければならないという思いも強くした。悠斗の隣には経済面精神面で彼の支えになれる人がふさわしく、身体障害者になりゆく自分では務まらないことは明白だった。

「すごく先かもしれない。でも精一杯頑張るから――だから、待っててほしい。いつか僕が一人前になったら、僕と一緒に人生を歩いてほしい」

苦しさで息もできなかった。こんな残酷なことがあるだろうか。最後の思い出を作ろうなんて思わなければ――いやもっと早く、病気がわかったあの時に悠斗を諦めていれば、二人の傷を大きくすることはなかったのに。

イエスと答えて病気を打ち明けるか。ノーと答えて悠斗を傷つけるか。

この先の重さを考えれば、穂乃香は「ノー」を選ぶしかなかった。

「穂乃香、答えて」

でも――言えなかった。少なくとも今は。

悠斗の真剣な眼差しが不安に揺れている。悠斗と出会ってからの一年半の出来事が次々と蘇った。どうしたらそれを手放せるのだろう？

穂乃香は黙って悠斗の胸に顔を埋め、腕を回して力いっぱい抱き締めた。

「悠斗君……好き」

言葉にして告げたのは初めてだった。おそらく穂乃香の人生最初で最後となる告白は、別れの「ノー」を託した悲しいものだった。

「好きだよ」

今は嘘をつけない。穂乃香に言える真実はこれだけだった。

「いいってことなんだよね？」

「この先、悠斗君以外、誰も好きにならないよ」

隠された意味に気づかない悠斗は穂乃香をぎゅうぎゅうに抱き締めた。

「よかった、超緊張した！」

この旅行では悠斗の笑顔も寝顔も全部、瞬きも惜しんで記憶に刻もうと思っていたのに、あまりの罪悪感と苦しさで顔を上げることができない。

「院試験の口述の時より緊張した。当たり前か。でもずっと前から、合格したら言おうって決めてたんだ」

何か言わなければと思い笑ったら、ただ変な鼻声が漏れただけになった。

「頑張るよ。絶対、第一線の研究者になる。何か発見したら一番に穂乃香に見せるよ」

悠斗はずり落ちていた毛布で穂乃香を包み直し、嬉しそうに空を見上げた。

「悠斗君、毛布被らなきゃ風邪ひくよ」

「大丈夫。……あっ、二つ同時に流れたよ。見えた？」

「見えなかった。悠斗君を見てたから」

穂乃香は悠斗の背中に回り、毛布をかけてやりながら腕を伸ばして抱き締めた。目が真っ赤になっていることも口がへの字になって震えていることも、隠すにはもう暗がりだけでは無理だった。

「なんで後ろにいくの？」

「こうすればくっつきながら二人とも空が見えるでしょ？　前回のお返し。あったかい？」

「うん」

背中の気配で悠斗が照れ笑いしているのがわかる。彼の目は今、きっと垂れているだろう。

「一緒に暮らすのが楽しみだなぁ。住むのは図書館があるところじゃないとね」

「あるよ、きっと。悠斗君が行くどの町にも」

でも自分はそのいずれにもいない。答える穂乃香の声がわずかに震えた。

年明けにもなると、卒業を間近に控えた四年生が大学に行く用事はほぼない。単位を落としまくって試験を受けなければならない学生や悠斗のように時期的な観測で忙しい学生以外、四年生は卒業記念旅行であったり遊びの延長のアルバイトであったり、社会人になる前の最後の自由を謳歌している。穂乃香もそのはずだった。

「どうしてバイト辞めちゃったの？　三月まであと少しじゃん。最後まで二人で勤務したかったのに！」

二月の初旬、ワッフル店がある駅のカフェで、待ち合わせの時間に少し遅れてやってきた加奈子は穂乃香の正面に座るなりまくしたてた。加奈子はバイト上がりだ。

「お疲れ様、加奈子」

「お疲れ様じゃないって！　もう、勝手に辞めるなんてひどいよ」

「ごめん」

とりあえず言いたいことを先に言ってしまうと、加奈子は綺麗なトッピングも気にせずフローズンシェイクをぐいぐい飲んだ。ＳＮＳ趣味がない加奈子のそういうさっぱりしたところも穂乃香は好きだった。

喉の渇きが落ち着くと、加奈子は再び質問し始める。

「どうして辞めたの？　もしかして新しい店長が原因？」

「うん……まあ」

「何か言われた？　だとしても気にすることないよ。感じ悪いもん！　細かいことをグチグチと」

穂乃香が言われたのは、事実上の退職勧告だった。ちょうど二月のシフトを決めている最中だったこともあり、その場で迫られているに等しかった。

「ごめんね。今まで加奈子にもいっぱい迷惑かけたんじゃないかな」

「何の話？」

加奈子はポカンとしている。

「私、ミスが多いからみんなの迷惑だ、新人より時給が高いのでは示しがつかないって」

「何それ……」

加奈子はしばし絶句していたが顔を真っ赤にして怒り始めた。

「穂乃香は真面目にやってたよ。何なの？　みんなのために綺麗事にしちゃってさ。私も今日限りで辞める」

「ああ加奈子は辞めないでよ。シフト入っちゃってるんだから」

興奮したせいで加奈子はドリンクを一気に飲んでしまい、カフェオレを買って戻ってきた。

「確かにさ、いつからだろ？　いろんなものを見にくそうにしてるなとは思ってた」

「ごめんね。お金もワッフルも間違えるし」

最近は硬貨を見分けられなくなり、レジでもたつくことが多くなった。ワッフルをのせたトレーを引っ繰り返したことも一度ではない。失敗するまいと慎重になれば動作は遅くなり、店長に怒鳴られるばかりになっていた。十二月に呼び出され注意を受けた時、本当は辞めろと言われていたのだろう。〝普通〟でいるのはもう限界なのだ。

「目が悪くなったの？　眼鏡かけ始めたし。ちょっと変わった眼鏡だよね」

「うん。実は目がちょっとね」

「レーシックとかさ、よく知らないけどいろいろ治す方法あるって聞くよ。大丈夫だよ」

「うん……」

穂乃香は加奈子の目を見られず俯いた。悠斗のこと、図書館司書の仕事、これからの人生。諦めなければならないものをすべて手放したあと、自分に何が残るのだろう？　一人で黙《もだ》し続ける孤独を肩から下ろしたくなる。卒業を前に、加奈子だけには打ち明けていい気がした。

「どうしたの？　何かあったの？」

「実はね……治らないの。どんどん進んでて」

それから穂乃香は病気の発覚からこれまでの経緯を説明した。加奈子は衝撃のあまり顔色を失っている。

「薬を飲んでも、こんな医療用の不格好な眼鏡で紫外線を防いでも、止まらないの。この病気にいいって言われたから青汁まで飲んでるんだけど」

冗談めかして笑ってみせたが、加奈子は真顔のままだった。

「どうにかならないの？　ほら、再生医療とかナントカ細胞とか聞くじゃん」

「駄目なの。このこと、悠斗君には言わないでね」

「言ってないの？　まあ、言えないか……」

「うん。言ってしまうと別れにくくなるし」

「えっ、待ってよ。まさか穂乃香、別れるつもりなの？」

立ち上がらんばかりの剣幕の加奈子に穂乃香は頷き、無理に笑った。

「なかなかそれを彼に言えなくて、未練たらしくて不甲斐ないんだよね」

「どうして病気だからって別れる必要があるの？　早まらないでよ」

加奈子から視線を逸らし、窓の外を眺める。四年間眺めてきた駅のコンコースはいつもと変わらず人が縦横に行き交っている。当たり前の眺めが当たり前でなくなり、光のない世界の中でいつか霞んだ記憶になっていくのだろう。

「悠斗君の進路は経済的に厳しいの。私じゃ支えになれないし、足を引っ張っちゃう。全盲の生活は周囲が背負うものも大きいと思う」

「全盲って……」

プロポーズのことまでは加奈子に言えなかったが、加奈子の顔が悲しそうに歪んだ。周囲に同情や憐れみを受けることに慣れても、悠斗から同情されては困るのだ。

「病気だって打ち明けたら、悠斗君から別れたいって言えなくなるでしょ？　でも同情とか責任感で繋がりたくないの」

「西島君が別れたいなんて言うわけないじゃん！　あんなに優しいのに」

「だからだよ。院を諦めて就職しちゃったら？　いつかきっと後悔する時が来るよ。たくさん悩んで決意して、頑張って合格したのに。だって私、メイクもお洒落もできなくなるんだよ。自分が何色の服を着ているのかすら、わからなくなるんだよ。そんな私にずっと今の気持ちを持てる？　時間が経てばいろんなものが変わっていくよ。恋愛感情がなくなった時、私は悠斗君にあげられるものが何もない」

窓の外を向いたまま唇を噛みしめる。泣いてはいないのに、見知らぬ通行人が驚いた顔で通り過ぎていく。

「でももし彼が別れたいと思っても、障害者を切り捨てるって次元の話になると罪悪感持っちゃうじゃない。周囲もそういう目で悠斗君を見るだろうし、私も可哀想な人になりたくない。だから今、思い切らなきゃいけないの。病気が進んで彼や周囲に知られる前に」

二月の検診でもやはり病状の進行は認められ、時限を尋ねた穂乃香に医師は数年以内だろうと答えた。もうあまり時間がないのだ。

「だから悠斗君には絶対に言わないで。伝わるといけないから誰にも言わないで」

「わかった。言わない。言わないけど……」

加奈子も窓の外を向いた。

「安っぽい感情論とか涙とか厳禁なのはわかってる。穂乃香が考えに考えて決めたことなんだってのもわかってるし、そうするしかないのもわかる。だけどさ、私はやっぱり知ってほしいよ、西島君には」

「言わないで」

「うん……わかってる。だけど二人にはずっと一緒にいてほしかったよ」

加奈子の顔がどうなっているのか、同じく窓に顔を向けている穂乃香が見ることはできなかったが、ガラス越しの通行人が二人の顔を順繰りに眺め、通り過ぎていった。


三月に入ったばかりの午後、穂乃香は大きな紙袋を抱えて国道沿いの歩道に佇んでいた。穂乃香の視線の先にあるのは古本屋のチェーン店だ。紙袋の中には穂乃香がこれまで買い集めてきた本がぎっしり入っていた。

なぜ穂乃香がこれほど重いものを抱え、徒歩で駅からかなり離れた古本屋までやってきたかというと、事情は一時間ほど前に遡る。

この日、穂乃香はボランティアで通っていた図書館を訪れていた。春から司書としての採用が決まっていた図書館だ。数年以内に失明するという医師の診断を受け、穂乃香は内定辞退を申し出たのだった。

「ボランティアにも来なくなったからどうしたのかなと思ってたら、そういうことだったの……」

「お世話になったのに、本当に申し訳ありません」

司書は沈痛な面持ちで、あまりのことにどう慰めていいのかわからない様子だった。

「これからどうするの?」

「見えているうちに職業訓練を受けようと思ってるんです。身体は元気だから、失明しても自分の力で生きていく力をつけないと」

「そうよね……」

穂乃香はできるだけ明るく笑ったが、司書は気の毒そうな表情で頷いた。

「それで、お願いがあるんですけど」

病気のことを話す度に湿っぽい空気になってしまうのが嫌で、穂乃香は早々に話題を変えて紙袋を机の上にのせた。

「これ、私が集めた大切な本です。ここで役立てていただくことはできませんか?」

しかし、献本は受け入れているはずなのに司書は首を縦に振らなかった。

「穂乃香ちゃん、それは持ってなさい。本を手放しちゃ駄目。本がただの紙の束じゃないってこと、穂乃香ちゃんは知ってるでしょ?」

車のエンジン音と排ガスにまみれた国道の脇で、穂乃香は心の中で司書の言葉を繰り返していた。司書の言ったことが正しいと理解しているから余計に悔しさや空しさでやりきれなかった。

だって、見えなくなるのに。読めなくなるのに。

読み上げ機能など、視覚障害者の読書を可能にするツールの開発が進んでいる。しかし穂乃香は自分の力で本を読むことへのこだわりを捨てられなかった。本がくれるものはただの情報ではない。内容がわかればいいというものではない。我が儘だとわかっているが、自分の目で、自分の感情のリズムで文章を追いたいのだ。胃瘻《いろう》のように栄養を流し込まれるのではなく、自らの歯で噛み、味わい、飲み込んでこそ、食べる喜びがあるように。

しかしこれから先音声に頼るしかないのなら、こんな議論は無意味だ。これらの本が不要になるなら、手放してもいいではないか。

そう思うのに、穂乃香の足は古本屋の看板を遠くに眺めたまま動いてくれない。そのうち運の悪いことに、重く垂れ込めた灰色の雲からぽつりぽつりと冷たい雨が降り始めた。本だけで手一杯で、あいにく傘は持っていない。

とりあえず今日は帰ろう。

駅を目指して国道を戻り始めたが、重い紙袋のせいで走れない。いくらも進まないうちに雨は本降りになり、風まで強くなってきた。ついさっきまで二束三文で手放そうとしていたはずなのに、穂乃香は本を雨から守ろうと両手で胸に抱えて歩いた。

しかしついにあともう少しで駅に着くというところで紙袋が破れてしまった。

「あっ……」

咄嗟に押さえた手も空しく紙袋は派手に裂け、本が次々と濡れたアスファルトに落ちた。

慌ててしゃがみ膝に拾い上げるが、穂乃香の膝にのる量ではなく、のせた端からまた落ちる。

「あらあら大変。よかったらこれを使いなさいよ」

通りがかった主婦が親切にスーパーのビニール袋をくれたので丁重にお礼を言い、濡れた本をその中に何とか押し込む。

そのあとは百円ショップで傘を買い、重い包みを抱えて遊歩道を歩き自宅に帰ったが、その頃にはずぶ濡れになり疲れ果てていた。

自宅は母も瑞穂も仕事やアルバイトに出かけていて誰もいなかった。冷えたリビングに暖房を入れ、濡れた服を着替えようとしてふと仏間に目をやる。父の遺影を見上げた時、穂乃香はこの一時間の馬鹿げた空回りが不意に可笑しくなった。

「今日、図書館の仕事を辞退してきたの」

座布団に座り、微笑みながら父に話しかける。一粒、膝の上で握り締めた手に雫が落ちた。

「あと、本、汚しちゃった」

傍らのビニール袋から本を取り出してみると、泥がついてしまったものもあれば、さほど汚れていないものもある。しかし一様に濡れていて、美しくなめらかに揃っていた本の側面はぶよぶよと波打っていた。そのうちの一冊は父が穂乃香に買い与え、悠斗が届けてくれたあの詩集だった。感傷的な行動だと自覚している。しかし、断ちきれない未練と恐怖に打ち勝とうと穂乃香は苦しみもがいていた。

「ごめんね」

本に罪はない。砂粒を払い、水気を拭おうと何度も手のひらで撫でたが、そうする間にも透明な雫が音を立てて本の上に落ちた。

「私、もう読めないの」

誰にも言えない苦しみを初めて口にした。生前、怖いばかりで父の前ではいつも緊張していた。でも今思えば、本屋に連れて行ってくれたあの頃、父は穂乃香が無邪気に喜ぶ顔が見たかったのだろう。本に触れる喜びを教えてくれたのは父だった。

「お父さん……もう読めないの」

本当はタイトルすらもう読めない。以前は視界の一部が歪んでいるだけだったのに、それは今では視界全体に及び、穂乃香の目はほとんど文字を認識することができなくなっていた。水滴がびっしりついたガラス越しに見るように、すべての文字が歪み、欠けている。そんな視界すら刻々と狭まっていく。

食いしばる歯の隙間から苦しい息が漏れた。

「怖いよ……」

光も夢も失うのが。悠斗を傷つけ、失うのが。その先に続く孤独と果てしない人生が。

穂乃香に答える者はいない。孤独と恐怖の中で、ただ詩集に落ちる雫の雨を拭い続けた。


朝のニュースで気象予報士が太鼓判を押した通り、卒業式の日は穏やかな晴天だった。

式典が終わり文学部のゼミで教授や仲間と記念撮影をしたあと、穂乃香は理学部の校舎に続く小径を歩いていた。悠斗と一緒に写真を撮る約束をしているためだ。

「佐々木さん？」

芝生広場まで来たところで背後から呼びかけられ振り向くと、そこには三原が立っていた。あの夏合宿のあとにサークルで何度か顔を合わせて以来だ。

「久しぶりだね」

元々落ち着いた雰囲気だったが、銀縁眼鏡にスーツを着た三原はまるで年季の入ったビジネスマンのように老けて見え、穂乃香は笑い出しそうになった。

「佐々木さんは就職？」

「うん。文系は大半が就職だから」

決まりの悪い嘘は今日何度も繰り返したので、もう慣れてしまった。

「三原君は？」

「俺も就職」

芝生広場では体育会の野球部員たちが卒業していく先輩を賑やかに胴上げしている。三原はそれを眺めて少し笑い、穂乃香を見た。

「西島が名古屋に行くから、寂しくなるね」

「……うん」

バッグの中には悠斗に宛てた手紙が入っている。悠斗が夢を叶えるのを願っているというメッセージを添えた、別れを告げる短い手紙だ。かなり前に書いたのに時限と決めた今日を迎えてもまだ穂乃香はそれを投函することができず、写真を撮る約束までしている。どうしても彼を手放す最後の勇気が出なかった。

「あいつ、ほんと子供だよね。いい意味でさ」

三原が眩しそうに目をすがめて時計台を見上げる。

「汚れないっていうか、子供の頃の夢をそのまま持ち続けてる。天文は実はめちゃくちゃ難しいんだ。あれだけの頭があればもっと稼げる分野に転向できるのに、あいつが天文で院進決めた時、やっぱりやってくれたなと思ったよ。……ってこんなこと佐々木さんに言ったらまずいか」

「ううん」

穂乃香は笑って首を横に振った。

「俺はそこまでの頭はないし、純粋にもなれないから、あいつを羨ましく思ってる」

三原は時計台から穂乃香に視線を移し、眼鏡の奥で少し照れ臭そうに笑った。

「俺が言うのも変だけど、佐々木さん、あいつをよろしくね。あいつ天文以外では抜けてるからさ」

三原とはそこで別れ、穂乃香はまた理学部に向かって歩き始めた。図書館の脇を抜け、理学部校舎が見えてきたところで穂乃香の足が止まった。悠斗がいたのだ。

理学部と書かれた古めかしい緑青《ろくしょう》の札を背に、悠斗と天文ゼミの仲間たちが記念撮影をしている。スーツ姿の悠斗は三原と違い、初々しく見えた。下級生もお祝いに駆けつけたらしく、幾人かの女子学生の姿が華を添えていた。

誰が目を瞑ったとかよそ見をしたとか、騒ぎながら何度も撮り直しをして、ようやく集団がほどける。院進への激励だろう、仲間にしきりに肩を叩かれていた悠斗が誰かに誘われたらしく数人と再び札の前に立った。笑顔でポーズを決める女子学生の薄いピンクのワンピースがふわりと風に揺れる。

「もう一枚！」

賑やかな声が響く。カメラマンを替え、ポーズを変え、そのうちに全員が割り込んでまた騒ぎになる。

穂乃香は彼らを前に身動きできなかった。ただただ、眩しかった。

未来が開かれた彼らと、未来を閉じていく自分。

あともう少し待てば何かが変わるかもしれないと希望を繋いできたが、それは突然のようで、ずっと前から必然だったのだと思う。穂乃香にとってそれは残酷なほど鮮やかな対比だった。

穂乃香の網膜は今この瞬間も壊れ続けている。止められない。何をしても医学の進歩を待ってくれないのだ。

私は彼の人生まで壊してしまうだろう。彼の輝きを奪ってしまうだろう。スキーで何度も止まり、坂を上がってきてくれたように、この先も彼の足を止めてしまうだろう。そして、優しい彼はそれを厭《いと》わないだろう。

『佐々木さん、あいつをよろしくね』

穂乃香は眼鏡を取った。太陽の下で裸眼になるのはいつ以来だろう？　出会った頃の悠斗がそこにいた。黄色いレンズを通さない穂乃香自身の目で、彼を記憶に収める。

やがて穂乃香は彼らに背を向け、眼鏡をかけると大学正門に向かって歩き出した。

途中、図書館の脇で穂乃香の足が止まった。四年間慣れ親しんだ図書館に降り注ぐ日差しは二人が出会った五月の太陽よりほんの少し優しく、初々しい春の色を帯びている。パームツリーの陰になっている窓の向こうでは、二人が短い時を過ごしたあの小さな閲覧席が今日もカーテンを揺らしながら誰かがやってくるのを待っているだろう。

再び歩き始めた穂乃香はもう立ち止まらなかった。電車に乗り、急用ができたから待ち合わせに行けないと短いメッセージを悠斗に送り、スマホの電源を落とした。

遊歩道の途中には小さなポストがある。彼と何度も歩いた道のポストの前で、穂乃香はバッグから手紙を取り出した。長い間持ち歩いていたせいで角が少し擦れている。

しかしポストに手紙を持った手を差し込んだものの、穂乃香はしばらくそれを放すことができなかった。

長い間そうしているうちに、どこかから飛んできたタンポポの綿毛が穂乃香の袖にふわりとのった。一年前、二人で歩いた土手にもタンポポが綿毛を膨らませていた。あの美しい風景は記憶の中で今もそのままだ。

綿毛は繊細な冠毛《かんもう》を震わせながら、次に飛び立つ風を待っている。それを見つめていた穂乃香の心がこの時決まった。

悠斗の純粋さも、二人が過ごした日々も、ずっとそのまま輝いていてほしい。障害者に一生寄り添うことは生半可なことではない。恋だったものがいつか苦しい現実に変わっていく。逃避だと、あるいは陶酔だと、人は言うだろう。しかし別れなければならない理由と闘ってきた穂乃香が最後に願ったのはこれだった。

握り締めていた指をそっと開くと、それは朱色の箱の中でコトンとかすかな音を立てた。どうか、元気で――。

袖にとどまっていた綿毛が一陣の風にふわりと舞い立ち、穂乃香の小さな視界の外へと飛んでいった。

『悠斗くんへ

悠斗くんに手紙を書くのは初めてだね。緊張しながら書いています。悲しいけれど、これが最初で最後の手紙になります。

プロポーズ、とても嬉しかった。悠斗くんと出会えて本当に幸せでした。でも、私は受けることができません。身勝手でごめんなさい。

今まで本当にありがとう。

出会った日、悠斗くんに躓いてこけたこと。恥ずかしくてすぐに逃げてしまったけれど、本当はあれから悠斗くんのことが気になって仕方なかった。

二度目に会えた時。悠斗くんが名前を教えてくれて、本当に嬉しかった。

夏合宿でテニスを特訓してくれたこと、二人で流星を見たこと。あの星空は私が今までに見たどんな景色より綺麗でした。

二人で過ごした図書館のあの席。いつも遊歩道を送ってくれたこと。初めての旅行で好きだって言ってくれたこと、二人で見た雪景色。どの場所も、どの瞬間も、一緒に過ごした時間の全部が私には奇跡でした。台本を作るところも、天文の話になると止まらなくなるところも、リュックの中がいつもごちゃごちゃなところも全部、そんな悠斗くんが大切でした。

たくさんの思い出をありがとう。大切にしてくれてありがとう。私を好きになってくれてありがとう。この手紙を書くまでいっぱい悩んで考えました。でも、これから私は別の道を歩いていきます。

悠斗くんの夢が叶いますように。遠くから、心から、それだけを願っています。

どうか、お元気で。

穂乃香』

第四章

玄関の上がり框《かまち》の角をすり足で確かめ、そっと足を下ろして靴を履く。凹凸のある路面でも歩きやすい、底が柔軟でフラットな靴だ。それから小さく一歩進み、右手を伸ばして壁を探る。七年前は為五郎のフードの袋が置かれていたそこには、今では外出に欠かせないものとなった白い杖が立て掛けてある。

「いってきます」

リビングに向かって声をかけると穂乃香は白杖《はくじょう》のストラップを手首に通し、玄関のドアを押し開けた。

きちんと整った控えめな服装、肩で切り揃えたまっすぐな髪、黒目がちな瞳。手に白杖さえなければ、玄関から出てきた穂乃香は昔と何ら変わらぬように見えるだろう。しかし、現在の穂乃香の目は焦点を結んでいない。太陽の光に目をすがめることも、黄色いレンズの眼鏡をかけることも、もうなくなった。悠斗との別れから七年。視覚を失った穂乃香は全盲の身体障害者として歩んでいた。

病気の中期は刻々と症状が進んでいく感覚があったが、最後はまるでゆっくりと日が暮れて夜が訪れるように穂乃香の目は静かに光を閉じていった。右目は完全に視力も光もなく、左目はごくわずかに光を感じる程度だ。

視覚を失っていく過程を家族にいちいち報告することはなかったが、一緒に暮らしていれば母や瑞穂は気づいていただろうし、陰で悲しんでもいただろう。しかし父を亡くしたあともそうだったように、母子三人は平穏であろうというただそれだけを目指して身を寄せ合い、この七年を過ごしてきた。

「いってらっしゃい。今日は何時頃になるの？」

玄関まで見送りに出てきた母が穂乃香に問いかける。

「仕事のあと、点字講習会に行くから少し遅くなると思う。ご飯を食べて帰るかもしれないから、わかったら連絡入れるね」

「有村《ありむら》さんに連れて行ってもらうの？」

「うん」

穂乃香が頷くと、母は途端に嬉しそうな顔になった。目には見えていないが気配でわかるし、そうでなくても母の反応はだいたい予想がつく。

「じゃあ帰りは有村さんに送ってもらいなさいよ。暗いと危ないから。そうだ、有村さんにたまにはうちに上がってもらえば――」

「お姉ちゃんは暗くても関係ないじゃん。目が見えないんだから」

リビングでまだ朝食中の瑞穂が茶々を入れる声が聞こえる。

「そういうことじゃなくて！　変質者の話よ。まったく瑞穂は無神経なんだから」

二人のやりとりに苦笑しつつ、穂乃香はもう一度「いってきます」と声をかけて玄関ドアを閉めた。

有村というのは穂乃香が以前に生活訓練を受けていたリハビリテーションセンターに勤務する歩行訓練士の男性だ。穂乃香より三つ年上と年齢が近く、同じ市内に住んでいることもあり、穂乃香がセンターを修了したあとも友人としてちょくちょく連絡をくれる。障害者のことを熟知している有村が穂乃香の相手になってくれたらと母は期待していて、彼と会うと聞くと前のめりになる。さきほどの瑞穂の発言は、あれ以上母が有村について暴走しないよう話を逸らしてくれたのだ。

白杖を使って玄関前の三段のステップを下りると、早朝の日差しが穂乃香の頬をやわらかに包んだ。風は冷たく三月になってもコートが手放せないが、冬の風とは違う息吹の気配を抱いている。

季節の移ろいや天気の変化は、空気の湿り気や匂い、風で路面を転がる花びらや葉の音で感じ取る。視覚を閉じた穂乃香の世界は以前より繊細で多重になった。それらはいつも白杖が地面にこすれる音を背景にしている。

今でこそ使いこなしているが、初めて白杖を手にした時は苦しかった。諦め、覚悟、哀しみ。それは障害者手帳を取得した時よりもはるかに強かった。取得していることが見た目ではわからない障害者手帳と違い、白杖は視覚障害者の象徴だ。そういう意味で白杖は穂乃香にとって最終的な境界線だった。これで自分は障害者になるのだ、もう本当に、悠斗とは遠く離れて生きていくのだ、と。

七年前、将来の夢も悠斗も同時に失った穂乃香が再出発を果たすまでには長い時間が必要だった。職業訓練などの公的支援を受けるには障害者手帳を取得していることが前提になる。しかし視覚障害は認定基準が厳しく、一般的に医師もあまり協力的とはいえない。すべての眼科医が申請資格を有しているわけではなく、あとでわかったことだが穂乃香のかかりつけ医もそうだった。医療と行政支援の連携がない中、必要な情報もその存在も知らず、いろいろな意味で暗闇に取り残され孤立する。力尽きていくのは目だけではなかった。

悠斗にあの手紙を出したあと、穂乃香は弱い心を断ち切るためスマホの番号を変え、彼に繋がる一切の連絡手段を断った。それに対し悠斗がどんな思いをしたかを考えると耐えがたかったが、彼が予定通り名古屋に行ったことを人づてに聞き、やはりこうするのが正解だったのだと自分に言い聞かせた。

喪失感に苛まれ、その日その日をやっとの思いで終える日々は果てしなく続く。悠斗が打撃を受けずに自分を忘れてくれるよう願いつつ、忘れられていくことへの絶望感を克服できず、初志を貫けない自分を責めた。

一方で失明の足音はひたひたと近づいていた。網膜色素変性症は網膜の中心部分だけは機能が残ることが多く、〝社会的失明〟状態にはなっても完全な失明に至るケースは少ないはずだった。しかし穂乃香の場合は周辺だけでなく中心部も冒されていた。

健常者には何でもないこと——例えばコンセントにプラグを差し込むことすら、穂乃香には難しくなっていった。至近距離で並んだ二つの穴が同時に見えないのだ。

それらは日常のあらゆることで起きた。遠近感を失い階段の段差がわからないので、常に壁際をすり足で動いた。写真を見れば、点のような視野ではそれが何を写したものかを理解するのにかなりの時間がかかり、上下を間違えることも珍しくない。写真だけでなく、目の前にあるものに対しても同じだ。皿が皿に見えず、コップではないところにお茶を注いでしまう。

穂乃香にとってA4サイズの紙はポスターよりも大きく、書類を読んだり字を書いたりすることが苦痛だった。一文字ずつ推測頼りに認識する状態では、必要な情報がどこに書いてあるのかなかなか見つけられない。手元が正確に見えないので文字を書けば崩れた字になり、蛇行した字列が欄をはみ出してしまう。応対する店員がじれったそうにする度、申し訳なさと劣等感、社会からドロップアウトしていく虚しさを感じた。あの数年間は失明した現在よりも深い闇のトンネルにいる状態だったように思う。

障害者の認定が下りると、窓口となる自治体の紹介によりリハビリ施設で生活訓練や職業訓練を受けられるようになる。

穂乃香が通っていたリハビリテーションセンターには全盲の人もいればロービジョンと呼ばれる失明には至っていない状態の人もいて、それぞれのケースに合わせて訓練が行われていた。講座は職業訓練だけでなくメイク指導などもあり、雰囲気は明るかった。

訓練期間は一年間。まず穂乃香が開始したのは生活全般のことを残存視力に頼らずこなすことだった。帰宅後の自宅でもそれは続く。目を閉じて洗濯物を畳み、目を閉じて台所に立つ。物の置き場を工夫し、調味料の瓶やパックの種類を触った感覚だけで区別できるようにする。

実際の作業は難しく、動いているうちに思っていた場所に移動できていないことがわかると、途端に住み慣れているはずの家が不安と混乱の世界になる。先輩からは揚げ物や焼き物は油の音の変化で揚がり具合を把握できるわよと言われたが、自信がないとつい日を開けてしまう。どれだけ自分が視覚に頼っているかを自覚するばかりで、最初の頃は一進一退だった。

しかし点字の講習が始まると、それまで自身の後始末をつけるように黙々と訓練をこなしていた穂乃香の目が輝き始めた。点字は基本、かな表記さえ覚えれば事足りるが、穂乃香は漢字や文章表記にも興味を持った。これが穂乃香の未来を大きく変えることになる。

〝本を読みたいと望む人の役に立ちたい〟

かつてそう願った通り、現在、穂乃香は同じ県内にある点字図書館に勤務している。見えていた頃には想像もしなかった形で本の世界に戻ったのだった。

しかし社会復帰はゴールではなく、それからが障害者としての本当の訓練だった。季節の移ろいを感じ取る繊細さは、周囲から向けられる憐れみの視線や何かの伝染病のように避けられている空気も察知してしまう。通勤も、白杖が他人の歩行の邪魔にならないようラッシュを避けて早めに家を出るなど、障害者の負担は身体の不自由さだけではない。一日をこなすだけで精一杯だったが、穂乃香は毎日きちんと自力で服とメイクを整えて出勤している。

意外にもメイクは手触りでカバーできた。最初のうちは仕上がりを家族に確認してもらっていたが、今ではそれも不要になった。

服は襟ぐりにつけたタグを指先で撫でて何色の服なのかを読み取る。視覚が残っているうちに穂乃香は手持ちの服に触るだけで区別できるよう色の頭文字を刺繍したタグを縫い付けて備えていた。新しい服を買いに行く時は瑞穂が同行してくれるし、たまに加奈子と会った時に一緒に選んだりもする。

『お姉ちゃんの趣味はわかってるよ。地味なやつでしょ』

『地味ならいいってわけじゃないんだけど。大丈夫かなぁ、瑞穂に任せて』

こんな会話をしながらも、瑞穂が自分の趣味をきちんと把握してくれていることを穂乃香は知っている。喧嘩しながらずっと服を共有してきたのだから。

遊歩道に入ってしばらく進んだところで穂乃香は立ち止まり、道の脇にある桜の木を見上げた。見上げたところで見えてはいないが、蕾が放つかすかな芳香と音のない気配が聞こえるようになった気がする。

「まだまだかな……」

今年の冬は寒さが長引いたので、桜の開花はかなり先のようだ。

路肩にしゃがんで手を伸ばしてみるとタンポポに触れた。もう飛ぶばかりに膨らんだ綿毛が手のひらにやわらかくこぼれてくる。穂乃香は種が飛び立てるよう風に手のひらをかざし、ぼんやりと物思いに耽った。

七年間これ以上努力しようがないというほど必死だった。今幸せかと聞かれたら、そうだと答えるべきなのだろう。病気で失ったものは多かったが、目指した通り、自分の足で歩いていけるようになったのだから。でも――。

季節の移り変わりを感じる度、この問いを繰り返してしまうのはなぜだろう。

前に進むために消したはずのものが、ふとした時に心の隙間から見えてしまう。本当にこれで正解だったのかという不可逆的な問いとともに、それがまだ心の底で脈々と息づいていることを感じてしまう。

しかしあれからもう七年が経った。自分の心が自然に変化していくのを悠長に待ってばかりもいられない。母は年老いていく。瑞穂ももう二十六歳だ。あんなふざけた調子だが、瑞穂が穂乃香を最優先していることはわかる。家族を楽にしてあげたい、自由になってほしいと思う。そのために社会的な自立を目指してきたが、それだけでは足りないのだ。母も瑞穂も、穂乃香が七年前に苦しい選択をしたことは察している。穂乃香が完全に過去から脱却して新しい相手と再出発しなければ、母の肩の荷は下りないのだろう。

風に散る綿毛を溜息が追いかけていく。やがて穂乃香は立ち上がり、再び白杖を振り駅に向かって歩き始めた。

勤務先の点字図書館は地方庁舎の三階の一部を間借りする小さなオフィスだ。図書館といってもそこに閲覧者が来るわけではなく、視覚障害者の外出が困難であることに配慮して、点字本や音声テープの貸し出しと返却は郵送で行う。しかし本人が希望しているのに家族が点字図書館からの郵送物を嫌がり断ってくることは意外と多い。視覚障害者が血縁者にいることを近所に知られるのを恐れるせいだ。それが正しいことでなくても、そうならざるを得ない現実社会がある。そんなケースを目の当たりにすることはあっても、点字本に関わる喜びは大きかった。

穂乃香はそこで点訳を担当している。点訳作業は健常者のスタッフと二人組になり、スタッフが読み上げる文章を穂乃香が点字に直し打ち込んでいく。それを今度は穂乃香が読み上げ、スタッフが原文と照らし合わせてチェックする。二人の間を何度も往復しながら細かな修正をかけられ点訳本が完成していく。

点訳本は読み取れる人が少ない漢字の点字は用いず、すべてひら仮名で訳するため、ただ点字に直しただけではのっぺらぼうの文章になってしまう。そのため点訳には細かなルールが設けられていて、点訳の技術により読みやすさが左右される。元々本好きでしつこいほど文章を読み込むタイプだった穂乃香には、文章の味わいやリズムをできるだけ損なわないよう点字で再構築する仕事が面白くてたまらなかった。

「それ穂乃香ちゃんの私物？」

昼休みに穂乃香が本を開いていると、ペアを組んでいるスタッフが声をかけてきた。

「点字本じゃないのね」

「小学生の頃から読み込んでますから、だいたいわかるんです」

穂乃香が手にしているのは悠斗との出会いのきっかけになった谷川俊太郎の詩集『二十億光年の孤独』だ。災い転じてというのか、雨に濡れ傷んでしまったせいでページがわかりやすくなった。この少し破れたページはあの詩、かなり波打っているページはこの詩、という具合に。

「今の絵本が終わったら次はこれを点訳したらどうかなと思って。詩人の少年時代に書かれたもので、児童書を卒業した子にもいい内容だと思います」

「そうね、絵本の仕事ももうじき終わるしね。ちょっと見せてくれる？」

今、穂乃香たちが取り組んでいるのは絵本の点訳だ。小説や詩集だけでなく、点字図書館では絵本の点訳も多く手がけている。挿絵には点字の説明を付けたり、触って形がわかるようアウトラインにテープを貼って工夫する。子供が楽しむ以外に、目の不自由なおばあちゃんが孫に読んであげるという微笑ましい利用もある。

「それにしてもこの詩集、かなり傷んでるけどどうかしたの？」

「実は失明する前、やけを起こしたことがあったんですよ。どうせ読めなくなるなら売り飛ばそうと思って」

あの雨の日のことを穂乃香が話すとスタッフは大笑いした。

「今思うと、佐々木蔵書なんてハンコが押してあるのに売れませんよね」

「穂乃香ちゃんがヤケクソになるなんて想像できないわ」

「結構ありますよ。訓練ではしょっちゅうでした。腹を立てて白杖を蹴っ飛ばしたこともあります。運動神経が鈍いので空振りでしたけど」

「でもその苦労のおかげで有村さんみたいな男性に出会えたわけでしょ。いいわねぇ」

またしても母のような冷やかしが入る。有村が迎えに寄ってくれた時などにスタッフは何度か顔を合わせていて、二人が友人関係から進展することを期待しているらしい。

「友人ですよ。兄というか」

「向こうはどうかしらね？　穂乃香ちゃんが気づいてないこともあるんじゃないかなって思うわよ。ただ面倒見がいいだけじゃなくて」

〝面倒見がいい〟――スタッフの無意識の言葉が刺さった。障害者は対等な友情を育めないのだろうか。

穂乃香は少し考え込んでから、手元に返ってきた詩集を再びめくり始めた。


仕事を終え庁舎を出ると、すでに有村は職員駐車場に車を停めて待っていた。

「お疲れ様」

声がする方向に進路を向けると、車を降りて迎えに来てくれる足音が聞こえる。障害者を理解している彼は自然な気遣いが身についている。

「ありがとうございます。有村さんはお休みの日だったのにすみません」

「いや、俺こそ誘っちゃってごめん。俺も勉強したかったんだよね。歩行訓練だけじゃなくて、点字も含めた全般の講師になれるように」

二人がこれから参加するのは点字を教える講師の養成を目的とした講座だ。一緒に参加してみないかと有村から声をかけられた時、ちょうどその方面に興味があった穂乃香は喜んで誘いに乗った。

「本当に助かります。こういう講座の会場って、大抵駅から遠くて不便な場所ですよね」

「郊外は車社会だから障害者には不便なんだよな。意外に都会の方が障害者には暮らしやすいかもね」

間違えて違う方向に進みかけた穂乃香の手を有村が取り、そのまま引いて歩く。二人の会話がぎこちなく途切れた。

これまで手を繋いだことがあるのは悠斗だけだ。あれとはまったく意味も状況も違うとわかっていても、なかなか慣れることができず緊張してしまう。悠斗とは違う指。悠斗とは違う肌。もう忘れなければならない過去が抵抗する。障害者への補助に対してそんなものを思い出してしまう自分が情けないし、有村に申し訳なくも思う。

「今日、終わってからご飯食べて帰らない？」

「あ、はい」

有村の手に少し力が込められたように感じた。母やスタッフにあんなことを言われたせいで余計に緊張してしまうのかもしれないが、なぜか有村も今日はぎこちない気がする。

しかし車に乗り込むといつも通りの会話が始まり、微妙な緊張のことは穂乃香の頭から霧散していった。


講座が終わると帰り道にあるレストランに寄った。

「外食、久しぶりです」

視覚障害者として社会に出る上で意外にハードルが高いのが一人での外食だ。見えていた頃のように行き当たりばったりで店を選ぶことが難しい上、点字メニューを置く店は少ないので店員に説明を求めることになり、申し訳ない気分になる。手や箸先で物の形状を確かめながら慎重に口に運ぶ様は傍目には物珍しいだろう。なぜか食べるという行為だけはなかなか恥ずかしさを拭えない。

大皿の料理が届き、穂乃香が取り分け役を買って出た。料理の彩りも具の種類も目視できないが、慣れた相手なら気を遣うこともない。視力を失って数年経っても毎日は常に練習の連続だ。

「それは茄子だよ。小さくて硬いのがカシューナッツ」

「あ、わかりました」

家族も有村も、視覚障害者に慣れているとこうしたアシストが習慣になる。

「穂乃香ちゃんって箸使いが綺麗だよね」

「母がうるさくて。でもこういうのって躾より遺伝の影響なんでしょうか。同じ親で育っても、妹は握り箸なんです」

穂乃香が取り分けている間に二人の周囲が騒がしくなった。

「卒業式の謝恩会帰りかな。胸に花をつけた学生とお母さんたちの集団だよ」

「そんな感じの声の構成ですね」

有村の説明に穂乃香も頷く。

「卒業式なんて俺すっげー昔だよ。もう三十二だし、ああいうの見ると年食ったなぁって思う」

「私も懐かしいです。目のことで必死になっている間に、ずいぶん時間が過ぎちゃいました」

少し間が開いたあと、有村が口を開いた。

「前から気になってたんだけど、穂乃香ちゃんは時々遠いところを見るような顔をする。特に春になるとね」

「え、そうですか？　自分では気づいていませんでした。鏡見られないし」

穂乃香は少しぎくりとしながら、冗談めかして自分の顔を撫でた。

「春に何かあったの？」

「まあ……。別れの季節ですから」

穂乃香はそこで言葉を切ったが、思い直してまた続けた。

「目のことで、ある人との将来を諦めたんです」

この七年間、瑞穂や加奈子も気遣ってこの話題には触れなかったし、誰かに語ることもなかった。自分を鍛えるため、完治したのかわからない傷に敢えて触れるように口にしてみると、昔に感じた鋭い痛みではなく鈍痛が胸の底で渦巻いた。

「聞いたの悪かったかな」

「いいえ。もう七年も経ちましたし。正しかったのかはわからないけれど、あの時はああするしかなかったと思ってます」

「その彼は穂乃香ちゃんの病気のことを知ってたの？」

「いいえ。最後まで言いませんでした。もし言ったら、彼は大学院への進学をやめたでしょうから」

「大学院に行ったんだ、その彼」

「はい」

「どんな人だったの？」

「ええと……優しくて純粋で、まっすぐな人でした」

胸の底に懐かしさと慕わしさが泉のように湧き出てくる。悠斗のことを語ろうとするとパンドラの箱を開けてしまったように胸がざわついてしまい、穂乃香は急いで箱を閉じて口をつぐんだ。

有村は押し黙っている。彼がどんな顔をして聞いているのか気配がわからず、穂乃香は話の方向を悠斗から自身のことへとずらして再び話し始めた。

「当時は障害者の認定が下りるほどに症状が進んでいなかったから障害者ではないし、かといって就職もできない。うじうじと膝を抱える時間だけはうんざりするほどあったんですよ」

「認定を待つってことは、失明を待つことだもんな」

「精神的にも社会的にも宙ぶらりんなのが耐えられなくて、せめて早く障害者認定を受けて前進したいって思いつつ、視覚を失うのは怖いんですよね。でも望むと望まざるとに拘わらず、病気は行き着くところまで行ってしまいました」

だからあの当時は悠斗との別れを納得するしかなかった。

「今だから言えるけど、穂乃香ちゃんが初めてリハビリテーションセンターに来た時、若いからびっくりした。俺と変わんないじゃん、って。細くて小さい身体で、悟ったように落ち着いて事務室に座ってたのが印象的だった」

「正直、ほっとしてました。身の振り方を決められるし、これで何もかも諦められる、未練でうじうじする時間も紛れるかなって。でもすぐに後悔しましたけど」

「後悔って？　ああ、訓練でかなり苦労してたもんね。特に白杖が」

「有村さんにはたくさん苦労をかけました」

穂乃香がふざけて頭を下げると、有村が笑い出した。

「確かに飲み込みが早いとは言えなかったな」

今は笑えるが、歩行訓練初日、担当の有村と挨拶したあと白杖を見せられた穂乃香は身がすくんでしまった。当時まだわずかに残っていた視覚で捉えた印象は今でも脳裏に残っている。

その時の有村は穂乃香にこう声をかけた。

『白杖の使い方をマスターすれば、家族に頼らず自力で自由にどこへでも行けるようになる。仕事に就き、自立するには必要なものなんだ』

恐る恐る手を伸ばして持ってみると、呆気ないほど軽かった。なぜかそれが悲しかったのを覚えている。グリップを握って立ってみるが、これを身体の一部のように第二の感覚にするという実感は持てず、苦手な相手と仲良くなれと無理強いされている感情に近かった。

『どんなに努力でカバーしても、視覚に障害があると動きが緩やかだったり、場合によっては周囲に尋ねたり協力を求めたりする必要があるよね。白杖は視覚障害者であることを周囲に知らせて、理解や協力を求める役割も果たすんだ』

まさにそれは当時の穂乃香が直面していたことだった。普通に行動することが困難になりつつあり、見えているふりには限界があった。雑踏の中での舌打ちにいくら慣れても、それだけの問題ではない。自分のためにも周囲のためにも、障害者であると知らせることは必要なのだ。

　しかし、そうだとわかっていても、最後に行き着く手段である白杖を受け入れることが怖かった。同情、憐れみ、蔑み。この杖を持つことで受けられるのは温かな理解ばかりではない。障害を認めることは、家族をも巻き込みながら差別を受けることへの覚悟でもある。白杖を見つめる穂乃香の脳裏には悠斗が浮かんでいた。あの時、白杖はもう二度と彼の隣に立てない結界に思えていた。

「初めて白杖を見た時、穂乃香ちゃんがものすごく青ざめた顔で固まったから、泣き出すのかと思ってひやひやしたよ」

「でも訓練は頑張りましたよ」

　いざ白杖歩行訓練に入れば真剣だった。正面に杖を構え、自分の肩幅分、地面を左右に滑らせるスライド法。スライド法より安全性は落ちるが速く歩ける方法。左右どちらかに壁や溝がある場合の伝い歩き。階段の昇降、溝の越え方。

　視力が残っているとつい杖の先を見てしまうが、足元の情報収集は杖に任せ、見えていても見えていなくても顔を上げて意識を進行方向に向けなければならない。

「運動神経が鈍いことは自覚してましたけど、あの頃は自分に呆れてました。全然、理屈通りにできないんですよ」

「年配の生徒さんの方が上達早かったもんなぁ」

「どんどん追い越されちゃって」

訓練時代の思い出話は尽きなかったが、謝恩会帰りの集団の声が少々うるさかったこともあり、二人は食事を終えると早めに店を出た。

「道が混んでるから少し時間がかかるかな。お家には電話してたから大丈夫だよね」

「はい」

家に電話した時、予想通り母は喜んでいた。あの様子だと有村に家に上がっていけと勧めるだろうから、少し離れた場所で降ろしてもらおう。そんなことを考えながら、穂乃香は助手席の窓ガラスの向こうに意識を向けた。

視覚を失い光のない世界にいても、夜の闇に包まれていることは感じ取れる。元々子供の頃から夜が好きだった。それは視力を失った今でも変わらず、むしろ悠斗との思い出も加わり、空から降り注ぐ静けさは余計に心に染みる。

だから悠斗のことを思い出さないよう、いつしか穂乃香は夜空を見上げることを避けるようになっていた。神経を張りつめて歩かねばならない日常ではその余裕もなかった。でもふとした時、気を抜くと心は夜の静けさの中で思い出へと立ち返ってしまう。

「静かだね」

有村からかけられた声で穂乃香は物思いから覚めた。

「さっき話してくれた彼のことを考えてたのかな」

軽く尋ねたようでいて有村の声音はどこか真剣味を帯びているように聞こえる。図星を突かれた穂乃香はすぐに返答できなかった。

「たぶん、あの時も」

再び訪れた沈黙に有村の言葉が落ち、静かに水紋を広げる。

「……あの時って？」

「かなり前――一度だけ、穂乃香ちゃんが泣いたことがあった。あの時も春、三月だった」


それは穂乃香がリハビリテーションセンターを修了したばかりの春だった。内定先の点字図書館への挨拶に行く穂乃香のために有村が車を出してくれた時だ。

『いってらっしゃい』

家まで迎えに来た有村と初めて対面した母は上機嫌で、盛大な見送りが恥ずかしかったのを覚えている。穂乃香はもう訓練を修了していたが、歩行訓練士らしく有村は玄関から車までの短い距離でも白杖を使って行くことを勧めた。当時はまだわずかに視力が残っていて、普段は杖なしで行動できている場所だ。

『目を瞑ってね。慣れた場所でも目を瞑れば感覚が違うから』

確かに目を閉じれば脳内のナビゲーションは消える。慣れているはずの段差が見知らぬものに感じられる。恐る恐る三段のステップを下り、ポーチを進み、白杖で門扉の存在を確かめ手探りで鍵を開けた。そのゆっくりした動作を有村は隣で見守っていて、車のタイヤに杖の先が当たったところで合格の合図をくれた。

『できたね』

　有村が運転席に乗り込み、穂乃香も助手席のドアを開けようと車体を手探りした時だった。穂乃香はそこでふと顔を上げ、辺りを見回した。悠斗がすぐそばにいる気がしたのだ。もうほとんど視野はない。わずかに中心から少し下にずれた点のように小さい範囲で何となく周囲を把握しているだけだ。自分が見ている家の前の小さな景色は脳がカレンダーをめくるように再現した記憶の中の三月のイメージ風景に過ぎないということを穂乃香は知っていた。

　穂乃香は視線を車に落とした。車とはわからない、銀色のボディーだけの視界。自分の未練を笑う。この目で私は何を見ようというのだろう？　探したところで彼はいないのに。彼は私の手の届かない遠い場所で、遠い先を歩いているのに。

　車が走り出すと、何なのか認識できない小さな断片だけの視覚情報が目まぐるしく流れていくばかりになった。目や脳が疲れてしまうので、黒いダッシュボードに視線を落とす。

『穂乃香ちゃんは文学部だったんだよね。どんな大学生だったのかな』

『ええと……本ばかり読んでました』

『あー俺、本はあまり読んでないから恥ずかしいなぁ』

『あまり本は好きじゃないんですか？』

『そういう訳じゃないんだけど……』

　悠斗ともこんな会話をしたことが思い出された。しかし胸が苦しいのはそのせいだけではなかった。

『あれっ、穂乃香ちゃん、どうしたの？』

信号待ちでこちらを向いた有村が慌てている。不思議に思い頬に手を当ててみると、涙で濡れていた。

『いやだ、ごめんなさい！　花粉症になったのかな』

車が橋を渡り始める。いつか悠斗と一緒に眺めた川を越えていく。なぜなのかわからないまま、涙が勝手に流れ続けた。全身が悠斗を呼んでいた。まるで時計を巻き戻して、たった今、悠斗に別れを告げたかのように。

あの時なぜ発作のようにあんな感覚に襲われたのかはわからないが、障害者になってから涙を流したのはあの一度きりだ。穂乃香は家族や公的支援に応え、前に向かって歩いていかなければならなかった。社会の中で独り立ちする障害者の一日は健常者のそれよりもはるかにハードだ。心身ともに神経を張りつめる日々の中では泣いている余裕などなかった。過去を恋しがることは甘えだった。

「あの時泣いたのは、きっとそうだよね」

「あの頃は……そうだったかもしれません」

穂乃香は曖昧に認め、窓の外に顔を向けた。車内が再び沈黙する。

道路は空いてきたらしく、国道をスムーズに加速していることが振動でわかる。やがてウインカーの音とともに幹線道路から抜け、曲がり角が多い住宅地に入る。穂乃香の自宅の近くまで戻ってきているようだった。

「もうすぐ着くよ。今、穂乃香ちゃんの家の近くの薬局の路地まで来てる」

その声とともに車は減速し、ゆっくりと曲がって停止した。この時間にはすでに閉店している薬局の駐車場に入ったのだろう。

「……少しだけ、時間いい？」

有村の声はいつもより低く、普段の友人としての彼とは雰囲気が違っていた。男性に慣れていない穂乃香にも何となくそれがわかり、緊張で身が固くなる。

「……はい」

「薬局の駐車場に停めてるよ」

有村は安心させるようにそう説明し、車のエンジンを切った。ハンドルに手を置く音がして、前を向いたままの声が問いかける。

「その彼のこと、今でも忘れられない？」

「……………」

「七年前のことだって言ったよね。彼から一度も連絡ないの？」

「……はい」

「だったら忘れた方がいいんじゃないかな。その方が穂乃香ちゃんも楽になれる」

「はい。……そう思ってます」

穂乃香の言葉は途切れ、車内に静寂が落ちた。聞こえるのは二人のかすかな息遣いだけだ。

「そう言いながら、きっと十年後も穂乃香ちゃんは春になると悲しそうな顔をする」

「……………」

有村の声がこちらを向いた。

「俺じゃ駄目かな。友達としてじゃなく、訓練士でもなく、男として」

まったく予想しなかったわけではないが、まさかと思っていた。穂乃香は衝撃で息を呑み、膝の上でスカートを握り締めた。どうすればいいのかわからなかった。

周囲が望んだ通りだ。もともと奥手な上、ハンデキャップを持つ身になった自分には新たな恋愛など望むべくもなかった。周囲が言うように、有村ほどの人は二度と現れないことは理解している。

混乱を整理することもできないまま、有村の方を向く。見えない目が彼を捉えることはなく、目で何かを伝えることはできないが、何も言葉を探せない今はそれ以外に反応するすべがなかった。

「今すぐじゃなくていい。ゆっくりでいいんだ」

やわらかながら強い言葉が畳みかけられる。

「俺はずっと穂乃香ちゃんを見守ってきたよ。どんな思いで障害を乗り越えてきたか知ってる」

膝の上の握り締めた手に有村の手が重なり、力が込められた。

「その彼が何をしてくれた？　苦しんでることも知らず、支えもしないで放ったらかしじゃないか」

「それは私が知らせなかったから」

「知ろうと思えばできたはずだ。迎えに来ることもできたはずだ」

「私がそれを望まなかったから――」

穂乃香の唇が震えた。足元の地面がゆらゆらと崩れていく。有村が正しいことはわかっていた。

「いつまでも君がそんな顔でいるのをただ見ているのは嫌なんだ。今すぐ忘れてくれとは言わない。そいつの代わりでもいい」

手を握られたまま瞼を閉じた。見えてはいなくても、心の瞼を閉じることは変わらない。

有村には障害者への理解と知識があり、穂乃香を支えてくれることは間違いなかった。信頼もしていた。

炊事をしている母の後ろ姿が浮かんだ。視力を完全に失う前に見た瑞穂の笑顔が浮かんだ。遠い日、不器用ながら本当は穂乃香を愛してくれていた父の顔が浮かんだ。穂乃香の幸せを願う家族の顔が。

有村を受け入れたら孤独と不安に怯えることもなく、きっと穏やかな人生を送ることができるだろう。選ぶべき答えは明白だった。

「…………」

口を開けても声が出ず、また閉じる。どうしても「はい」の一言が出てこなかった。目を閉じる穂乃香の唇から震える息がわずかに漏れた。

「……有村さんなら絶対に間違いないってわかってます。もったいない人だって」

穂乃香は瞼を開いた。今この瞬間も迷っている。でも同時に確信もしている。

「それでも私は彼を忘れたくないんです」

「待ってても迎えに来ないとわかっていても？」

「はい」

手に重ねられた有村の温もりは心強かった。本当はその手に甘えて楽になりたかった。でもこれだけは確かだった。

〝この先、悠斗君以外、誰も好きにならないよ〟

あの誓いは今も穂乃香の中で生き続けていた。他の誰かで心を塗り潰すことを望んではいなかった。

「有村さん、感謝してます。本当に、心から感謝しています。有村さんのおかげで私は社会に戻ることができました」

長い静寂のあと、有村は呟いた。

「それは穂乃香ちゃん自身の努力の結果だよ。俺は横で見てただけ。訓練士としてね」

有村の手が離れていった。それまでより空気の冷たさが肌に染みる。

「……わかったよ」

運転席の背もたれが軋み、溜息交じりの声がハンドルに落ちた。ただ有村に申し訳なくて、穂乃香は身じろぎもせず座っていた。

「男として頼られたかった。でも俺の立場じゃ言えなくて、訓練士でいるしかなかった」

キーホルダーが鳴り、エンジンがかけられた車が振動し始める。

「家の前まで車を動かすからちょっと待って」

「いいえ。ここで大丈夫です。すぐそこですから平気です」

家の前まで行くとエンジンの音で母が気づいて出てくるだろう。それに、家に入る前に少しだけ一人で頭を冷やしたい。有村もそれを察したように頷いた。

「穂乃香ちゃん」

助手席のドアを開けた時、後ろから呼び止められた。

「このことを負担に思ってもらいたくないんだ。今後も友達として俺を頼ってよ」

「はい。ありがとうございます」

「また連絡するよ」

そう言いながら、きっと二人ともそれが無理だとわかっている。彼の方に向かって笑顔で頷きながら、胸が抉られるように痛かった。

遠ざかるエンジンの音は角を曲がり、やがて聞こえなくなった。穂乃香は駐車場に立ち尽くしたまま、ただ闇を見つめていた。

友人を一人、傷つけた。心にぽっかりと空洞が開いていた。

今年の五月の連休は九日もある。穂乃香も瑞穂も長い休みの恩恵に与《あずか》ったが、スーパーで勤務する母は大忙しで、ほとんど家にいなかった。

「お姉ちゃん、今日は出かけない？　夜ごはん家で食べるよね？」

夕飯当番の瑞穂がリビングでキャビネットの整理をしている穂乃香のところにやってきた。

「うん、出かけないよ。私の分も夜ごはんお願い」

「オッケー。何にしようかな」

瑞穂が鼻歌を歌いながら紅茶を淹れ始めた。アップルティーの甘い香りが台所からリビングまで漂ってくる。

「お姉ちゃんも紅茶飲む？」

「うん。ありがと。ちょっと一休みしようかな」

瑞穂がテーブルに紅茶を運んでくると、床に座り込んでいた穂乃香は作業の手を止め、やれやれと椅子に腰掛けた。

「何やってんの？」

「私関係の書類とか、整理してまとめておこうと思ったんだけど……」

穂乃香は床を見下ろし苦笑した。床の上は区別のつかない書類だらけだ。母は一人ごとにキャビネットを一段ずつ決めていて、学校でもらった通知表や表彰状、予防接種の記録から市役所発行の書類まで、すべてそこに入れてある。専業主婦だった頃はきちんと整理されていたものだが、今は忙しいため、届いた順に地層を成しているような状態だ。

「見えないのがこんなに不便だと思ったことないわ。もう何が何だかわからなくなってきた」

「お姉ちゃん、さすがにそれは無謀だよ！　書類は点字じゃないし」

瑞穂が大笑いする。

「飲み終わったら手伝うよ。暇だし」

「ほんと？　ありがとう、助かる」

紅茶のカップを両手で包み、穂乃香はほっとして瑞穂に笑顔を向けた。何だかんだで瑞穂に一番頼ってしまっている。でもそこから脱却しなければと思う。瑞穂には瑞穂の人生があるのだから。

書類の整理はいつか一人暮らしをする時のためだった。本当にできるかどうかはまだわからないが、少しずつ準備を始めるつもりだ。

「でもさ、整理したところでどうやって見分けるの？」

「図書館の点字プリンタを借りて説明文とか見出しをつけて分類しておけばいいかなって」

「なるほど！　点字図書館勤務って便利だね」

「私用だから本当はいけないんだけどね」

「それぐらい、いいじゃん」

紅茶を飲み終えると瑞穂も加わってもらい、整理を再開する。

「そもそもどうして整理する必要があるの？」

「いつか、だけどね。一人暮らししようかなって。役所関係や障害者関係の手続きと管理もいずれ自分で全部できるようにならないといけないし」

「えっ……」

隣で瑞穂の手が止まり、こちらを向いているのがわかる。

「いつかね」

穂乃香は学校の通知表と思しき紙の束をまとめてキャビネットに戻し、笑顔で繰り返した。さすがに通知表までは一人暮らしに必要ないし、ろくな思い出もないので不要だ。

「職業も持てたし、再起の第一段階は達成できたと思うの。仕事にも慣れてきたし、次の目標を立てようと思って」

「完全な独立？」

「……うん」

「お姉ちゃん出て行っちゃ嫌だよ。ずっと三人で頑張ってきたのに」

「でも、いつまでも三人ではいられないじゃない？」

「もしかして……。いや、ないか」

瑞穂が何かを言いかけ、引っ込める。

「もしかして、何？」

「お母さんのプレッシャーに負けて、有村さんと……かな、とか」

「違うよ」

俯いた胸の奥がツンと痛む。

有村を断ってから一か月以上が過ぎた。あれ以来連絡は取っていない。それまでも一か月程度のブランクは当たり前だったが、今回は違う。

「気になってたんだけどさ、最近のお姉ちゃん、有村さんの話を避けてるよね」

「……もうたぶん、会うことないの。寂しいんだけど」

穂乃香は有村とのことをかいつまんで瑞穂に打ち明けた。

「すごくありがたかった。こんな身だからって卑屈になっちゃいけないんだけど、もう誰からも求めてもらえないって思ってたから」

作業する手の動きが鈍り、話す間に膝に落ちた。今でも有村への感謝と申し訳なさで苦しい。

「そんなに会ってた訳じゃないし頼ってたつもりはないんだけど、やっぱり障害者のことをすごくわかってる人だから安心感があってね。失うと心細いね」

「お姉ちゃんから連絡取ってみれば？」

「それはできないよ」

「もったいないなぁ……。お姉ちゃんは知らないだろうけど、結構イケメンだよ」

「知ってるよ。最初に会った頃は見えてたから」

「あ、そうか」

瑞穂は今までは母を牽制してくれていたくせに、失うとなると惜しくなったようだ。

「お母さんに加勢するつもりはないけど、お姉ちゃんの相手としては完璧だったんだけどなぁ」

「わかってるから言わないでよ。余計に落ち込むから」

しかし、もう一度問われてもあの時の答えは変わらない。悠斗といる時と有村といる時の感覚はまったく別物で、胸が疼《うず》くような恋ができたのは悠斗だけだった。有村に足りないものなどなかったが、理屈抜きで、あの感情はもう二度と誰にも持つことはないのだと思う。だからといって生きる手段として相手を求めることはしたくないのだ。いくら障害者の身であっても。

「お母さんが知ったら激怒するだろうなぁ」

「そうだよね。聞かれてもごまかさないと」

障害者の身で恋愛感情にこだわることは罪だろうか？　きっと障害者でなくても、この年齢ならみんなが持つ悩みだろうけれど。

しばらく作業するうち、穂乃香はどうしても判別できない封筒を見つけた。市役所や学校から届く角形封筒のサイズではない。分厚く膨らんだ封筒はなぜか封を切られておらず、いつ届いたものなのか、穂乃香はそれを母に教えてもらっていない。

「ねえ瑞穂。これ、何だかわかる?」

単に通販会社などのダイレクトメールが紛れ込んだのかもしれない。でもその手紙に触れると妙に心が騒いだ。

「どれ?」

瑞穂が振り向き、穂乃香の手から封筒を受け取る。瑞穂の反応を待つまでもなく、瑞穂がその手紙を裏返した瞬間、息を呑んだのがわかった。瑞穂はそれきり沈黙している。

「ねえ何?　どうしたの?」

不安だろうか、苦しさだろうか。予感めいたものが迫ってくる。

「お姉ちゃん……これ、知らなかったの……?」

いつもふざけている瑞穂がこんな反応をすることは滅多にない。穂乃香は瑞穂に掴みかからんばかりに答えを急かした。

「知らないって、何を?　それは何なの?」

「お姉ちゃん宛で、差出人は……西島悠斗って書いてある」

悠斗の名前を聞いた瞬間、穂乃香は衝撃のあまり後ろに倒れかけた。頭の中は真っ白だった。肺が働くのを忘れたように呼吸が止まっている。

「消印は……?」

「四年前の三月二十四日」

「貸してくれる？」

穂乃香の手に再び封筒が帰ってくる。両手で撫で、胸に引き寄せる。悠斗が書いた字。悠斗が触れた封筒。たとえ四年も前であっても、愛おしさがひたひたと胸を浸した。

手探りで鋏《はさみ》を取り、中身を傷つけないように丁寧に手で確かめながら封を切る。瑞穂に頼めばすぐ済むが、自分の手で開けた。中には幾枚もの便箋に綴られた長い手紙が折りたたまれて入っていた。指先で撫でると、文字が書かれた凹凸が感じ取れる。かつて見た悠斗の字を思い浮かべ、穂乃香の胸に火が灯る。

「お母さん、隠すなんてひどいよ。もう四年も経っちゃってるじゃん……」

瑞穂が隣で呟いた。

「四年前って、私がリハビリテーションセンターを修了して点字図書館に採用された時だね」

「……有村さんもいたよね」

母なりの思いがあったのだろう。ようやく立ち上がった娘に過去を向いてほしくなかったのだろう。人生の厳しさを知っているからこそ、娘を想うからこそ。

「でもお母さん、捨てることができなかったのよ。勝手に読むことも」

「うん……」

瑞穂が頷く。母の罪悪感と迷いが見えた。家族に最善を尽くしてきた母を責める気分にはなれなかった。

「ねえ瑞穂。これ、読んでもらっていい？」

「私が読んでいいの？」

「だって……私はもう見えないから」

　この手紙にいるのは四年前の悠斗だ。知りたくてたまらないのに、怖くて身体が震える。手紙が届いた時、穂乃香にはまだかろうじて字をなぞる程度に視野は残されていたのに。時計を巻き戻せるならあの時に戻り、自分の目で読みたかった。

　手紙を瑞穂に託し、穂乃香は目を閉じて耳を傾けた。

『穂乃香へ
　初めて君に手紙を書きます。どうか君の目が見えている間にこの手紙が届きますように』

　最初の一行目で、穂乃香は顔を覆ってしまった。悠斗は病気のことを知ったのだ。彼に言うまいと思い続けてきたはずなのに、重い荷物を下ろしたような安らぎと切なさが広がった。

　瑞穂は穂乃香を気遣うように見たあと、続きを読み始めた。その声はやがて記憶の中の悠斗の優しい声になり。穂乃香の心に静かに降り注いだ。

『穂乃香が知ってる通り僕は作文が下手だから、うまく文章になっていないかもしれない。三年も過ぎてしまった今ではもう遅いこともわかってる。でも僕がどれだけ君を好きか、どれだけたくさんのことを後悔しているか、君に知ってほしい。

大学生の頃の僕は自分のことしか見えていなくて、いつか立派な天文学者になって穂乃香を迎えに行くんだと、ガキみたいに単純な夢を見ていた。だからあの手紙を受け取って穂乃香に電話もメールも通じなくなった時、穂乃香に何が起きているのか察することもなく、僕が貧乏学生だから振られたんだとか、まるで見当違いなことばかり考えた。穂乃香はそんな人じゃないって、僕が一番知っていたはずなのに。何よりも、僕は君の隣にいながら何も気づいていなかった。その後悔はこの先もずっと消えない。

名古屋に来てからは穂乃香を忘れようとしてひたすら勉強した。味噌カツを食べるのも忘れてたぐらい、って言ったら穂乃香は笑ってくれるかな。でも穂乃香のことはどうしても忘れられなかった。犬を見るとネロの詩を読んで泣いた君の顔を思い浮かべてしまうし、傘を見ても同じだ。『一本のこうもり傘』の詩、穂乃香が好きだって言ってたよね。あれを読みたくて、結局僕も穂乃香と同じ詩集を買ってしまった。ペットボトルを捨てようとしたら〝キャップもラベルも分別しないとダメ〟って穂乃香に注意されたことを思い出す。

僕は今でもちゃんと守ってるよ。

身体や頭を休めたら余計に君のことばかりを考えてしまうから、布団で寝るのが辛かった。だからクタクタになるまで勉強して、そのまま机か床で寝落ちる生活を送ってた。そうやって僕は自分の気持ちばかりを持て余して同じ場所で回り続けているだけだったんだ。なんて頼りないんだろう。穂乃香に打ち明けてもらえなかったのは当然だと思う。

君の病気のことを知ったのは、教えてくれたのは三原だ。持田さんから僕に伝えるべきか否かを託されたと言っていた。一年経っても穂乃香を忘れられずにいる僕を見て、三原は迷った末に僕に伝えてくれたんだと思う。

三原から聞かされて、どうしてもわからなかった別れの理由に合点がいくと同時に、僕は時遅くして自分の愚かさを知った。穂乃香の隣にいる間、気づくチャンスは限りなくあったのに。

いつ頃からか穂乃香が眼鏡をかけ始めたこと。少し変わった眼鏡で、目が悪くなったのかなと単純に考えていた。穂乃香が気にしている様子だったから、僕は敢えて聞かなかった。気にすることないよって言いたかったんだ。眼鏡をかけていようといまいと、穂乃香の目はとても綺麗だから。余談だけど、視力を失った君の目も変わらず綺麗だった。なぜ僕がそれを知っているのかは後で説明するよ。

それから、穂乃香が小さな失敗を繰り返すようになったこと。映画館で迷子になったり、段差で躓いたり、水を零したり、出口を間違えたり。僕にとってはどれも可愛かったんだ。

でもその度に笑っていた穂乃香の目はとても悲しそうだった。なかなか星を見つけられない時の穂乃香の横顔。不安げで、追い詰められたような表情をしていた。スキーでもテニスでも、手掛かりはたくさんあった。

それなのに僕は全部見過ごしていた。君が本当に必要としていたのは零した水を拭くことではなかった。僕は守っているつもりになっていただけで、本質的なことに寄り添えていなかった。そんな僕の隣で、穂乃香はいっそう孤独を感じていたと思う。何のために僕は君のそばにいたんだろう。君を苦しめるばかりだった。

君の病気を知って、僕は一年ぶりに君の手紙を開いた。実は、一度読んだきり、あまりのショックで僕は二度と開けることができなくて仕舞い込んでいた。でも、見るのも辛いくせに捨てることができなくて、ジップロックに入れてたんだよ。谷川俊太郎の詩集と同じようにね。

君が病気だと知るまで、情けないことに僕はあの手紙を嘘ばかりだと決めつけてしまっていた。幸せでしたただなんて、嬉しかったただなんて、そう言いながら捨てたじゃないか、と。そうやって君を恨むことで自分を立て直そうとした。

でも本当は、あの手紙には何一つ嘘なんて書かれていなかった。あれは君が僕に贈ってくれた渾身のエールだった。だから僕を送り出すために一言も「好き」って書かなかったんだよね。どれだけ苦しんだ末にあの手紙を書いてくれたんだろう。どんな思いで一言一言を綴ったんだろう。最後のチャンスですら気づけなかった自分が今も、これからも許せない。

『一本のこうもり傘』の詩を今読むと苦しくてならない。手紙をよく見ると丁寧な穂乃香らしくなく、字は蛇行して罫線からはみ出していた。視力が落ちた目で、力を振り絞って書いてくれたはずだ。手紙を書く時だけじゃない、あの頃だって、穂乃香は薄れていく視力を振り絞っていたはずだ。

僕は文学音痴だけど、今は谷川俊太郎の『かなしみ』の感情が理解できていると思う。僕は気づくべき時に気づかず、君を支えるべき時に支えなかった。僕は「とんでもないおとし物」をしてしまった。

だから病気のことを知った時、君のところに駆けつけたい衝動に何度もかられたけれど、どうしてもできなかった。謝りたかった。好きだと言いたかった。でもそれだけでは駄目だということもわかっていた。

なぜ穂乃香が僕に病気のことを言わなかったのか。

僕に障害者というものが本当に理解できているのか。

学生である僕の今の状況で、現実的な何を誓えるのか。

穂乃香が僕に託したことは何なのか。

それらを考える度、軽々しく行ってはいけないのだと思いとどまった。障害や病気のこともたくさん勉強したよ。それでもまだ資格が足りない。だからずっと東京の自分の家にも帰らなかった。

でも昨日、ついに穂乃香の家まで会いに行った。今後の進路が確約され、天文学者になる道が決まった。穂乃香を迎えに行く資格がやっとクリアできたと思ったんだ。

遊歩道を歩く時、穂乃香の家が見えてきた時、懐かしくて足が震えた。僕たちがワッフルを食べたベンチも自動販売機も変わっていなかった。インターホンを押して何を言うか、名古屋からの道中ずっと考えてきたのに全部吹き飛んでしまって、しばらく僕は穂乃香の家を遠くに見ながら突っ立っていた。

そうしている間に穂乃香が玄関から出てきたんだ。あの時ほど偶然に感謝したことはなかったよ。穂乃香は白い杖を持っていたけれど、まだ少し視力が残っている様子だった。三年ぶりに見る君は僕の心の中にいる君そのままで、僕はただ胸がいっぱいになって、声を出すことも動くこともできず、君を見つめていた。

でも君は一人ではなかった。玄関から若い男も出てきて、お母さんが嬉しそうに見送っていたから、きっと公認の間柄なんだろう。彼は穂乃香が白い杖の練習をするのを見守り、慣れた様子でサポートしていた。穂乃香のことが好きなんだなってすぐにわかったよ。

君が他の男に守られているのを僕はただ眺めているしかなかった。ものすごく嫉妬したし、今でもそうだ。僕にそんな資格はないとわかっていても。

でもそんな僕に奇跡が起きた。車に乗り込む直前、穂乃香が顔を上げてこちらを見た。僕たちの距離は十五メートルほどだろうか。「穂乃香」と叫びたいのに、想いが強すぎて声が出なかった。今思えば、声が出なくてよかった。もし呼んでいたら僕はとんだ邪魔者になっていただろうから。

　でも穂乃香の視線は僕を通り過ぎていった。僕はそこで初めて気がついた。君の瞳が焦点をはっきり結んでいないことを。

　こんなことを言ったら失礼なのかもしれないけれど、とても綺麗だった。文才がない僕にはうまく言えないけど、今の君の瞳は優しくて穏やかで、静かな海みたいに綺麗だと思った。気に障ったらごめん。でも本当に僕は見とれてしまったんだ。

　でも、君はもう僕を必要としていなかったんだね。車が走り去った路地で僕は長い間突っ立っていた。ただ茫然と穂乃香の家の庭を眺めていた。

　庭は昔のまま変わっていないようで、よく見れば門扉の横にあった沙羅の木がなくなっていた。隣の家が新しく建て替えられてるよね。為五郎の寝床の段ボール箱も穂乃香の家の庭からなくなっていた。

　時が過ぎたんだ。そう考えるだけで精一杯だった。「とんでもないおとし物」はもう二度と取り戻せないんだって。

　それから僕は二人で歩いた河川敷に行って土手に寝転がり、君がいた日々のことを日が暮れるまで考えた。未練がましくてごめん。穂乃香の町からすぐに去れなかったんだ。本当は君に会って、たくさん話をして、一緒にあの懐かしい大学図書館にも行ってみたかったな。為五郎にも会いたかったよ。でももしかすると為五郎はネロやロンみたいに旅立っていったのかな。きっと穂乃香はその話をする時、泣くんだろうな。こうやって書いている間も穂乃香が恋しくて苦しくて仕方がない。

今は名古屋に戻って、この手紙を書いてる。手紙なんて書いたことがないから、初めて便箋を買いに行ったよ。僕から穂乃香に贈る最初で最後のラブレターになるんだろう。長いばかりで支離滅裂でごめん。でもいくら書いても足りない。いくら謝っても足りない。いくら好きだと言っても足りない。今となっては君の迷惑になってしまうのに。

何も気づけなかった頼りない僕を精一杯大切にしてくれてありがとう。僕に夢を与えてくれてありがとう。僕にとって、穂乃香は苦手な文学や朗読への開かれた扉だった。僕の恥ずかしい台本を当たり前に受け止めてくれて、星の話に耳を傾けてくれる穂乃香に、僕は夢から顔を背けず進む勇気をもらった。

僕は博士課程に進んでいて、修了後は大学で研究を続けるか、海外の研究所に移るかの選択を提示されている。穂乃香にそばで見守ってほしかったけど、穂乃香はもう幸せを見つけて歩き始めたから、それは叶わないね。

いつか穂乃香は「心にずっと残る原風景がある」って言っていたよね。願わくは、僕たちが見たあの星空が君の心の原風景になりますように。君が他の誰かと人生を歩いていっても、僕のことを忘れていっても、あの輝きだけは覚えていてほしい。

そして、君がいつまでも幸せでありますように。

西島悠斗』

穂乃香の膝に涙が落ちた。幾粒も幾粒も、雨のように落ち続けた。

その手にそっと手紙が返される。ボールペンでびっしりと書かれた文字が音を立てる。

忘れようとしても忘れられない人がそこにいた。

視力を失ってから、たまに考えることがある。役割を果たさなくなった自分の目は何のためにここにあるのだろう、と。何のために瞬きをし、血を巡らせ肉体の一部として生き続けているのだろう、と。しかし、何を失っても穂乃香の目は誰かを想い涙を流すことを忘れていなかった。

悠斗の手紙を胸に抱く。心の底に押し込めてきた苦しみと慕わしさが堰《せき》を切ったように溢れ、息もできなかった。

四年前のあの時、確かに悠斗はいたのだ。結び合うことなく流星のように消えた二人の運命線に泣いた。

人を信じることができなかった自分。そのせいで失ったもの。そのせいで傷つけてしまった人。七年分の後悔に泣いた。

白杖を持つ穂乃香を見ても悠斗は驚かなかった。そればかりか、光を失くした穂乃香の目を綺麗だと言った。君が好きだと言ってくれた。同情や一時の感情で言っているのではないと信じられる。それを危惧した穂乃香を慮《おもんぱか》って、彼は長い時間をかけて待った末に来てくれたのだから。

こんな後悔は結果論かもしれない。それでも打ち明けていれば、ここまで長く悠斗を苦しめることはなかっただろう。自分は本当に悠斗を守ったと言えるだろうか？　悠斗に進学を諦めてほしくないと綺麗な理由をつけ、頑なに守っていたのは自分自身ではなかっただろうか。みっともないところを見せ、彼に背中を向けられるのが怖かったからではないだろうか。

「……西島さん、来てくれてたんだね」

瑞穂が遠慮がちに口を開いた。

「お母さんひどいよ。いくら中身を読んでないって言っても、西島さん可哀想すぎるよ。やっと訪ねたのにお姉ちゃんが有村さんと一緒にいるところを見ちゃって、これだけ好きだって言ってる手紙にも反応なかったら……。もう四年も経っちゃってる」

「お母さんは、悪くないよ」

穂乃香は嗚咽する喉でやっと言葉を絞り出した。家族の責任を一身に背負ってきた母をどうして責められようか。

「こんなことになったのは、私が、言わなかったから。彼から選択肢を取り上げた。それって、自分が傷つきたくなかっただけだったんだよ」

「無理だよ。誰だってお姉ちゃんと同じように怖くなるよ。それに病気のことを言ってたら西島さんは進学やめてたと思うよ。お姉ちゃんは間違ってない」

瑞穂が言うように、あの時にあれ以上のことはできなかったと思う。その時その時、精一杯の選択をしてきたと思う。でも――。

瑞穂が取ってきてくれたタオルに顔を埋め、穂乃香は嗚咽を飲み込み大きく息を吐いた。

「私がしたことは、彼を傷つけただけだったね」

「向こうも手紙で同じこと言ってるよ」

「違うよって言いたいな……有村さんのことも」

もう四年も過ぎてしまった。

それでも今、言いたい。好きだと、忘れられなかったと言いたい。出会ってから今まで悠斗に言えなかったことを全部言いたい。彼に会える日はみっともないぐらい張り切っていたこと。学校を一人で歩く時はいつも遠回りをして理学部の前を通り、そこで学ぶ悠斗を想像して胸をときめかせていたこと。彼からもらったメッセージはもし紙だったら擦り切れるほど何回も読み返していたこと。あの頃の自分は悠斗の隣にいるだけで精一杯で、そんな恥ずかしい自分を見せて拒絶されるのが怖かった。伝えられる時に伝えなかったことをこんなに後悔するなんて、あの頃は想像もしていなかった。

「私さ、お姉ちゃんのお手伝いするの、全然苦じゃないよ。西島さんも負担には思わないはずだよ」

「ありがとう、瑞穂」

穂乃香はタオルで顔を拭いた。

「私が一番、自分を差別してたんだろうね」

障害を抱えると知った時、自分が役に立たないもの、みっともないものになると感じていた。だから彼から見えない場所で自身の始末をつけようとした。

「誰だってそうなると思う。私は無理だよ。たぶん世間から隠れて引きこもっちゃう。白状すると、お父さんの病気の遺伝確率が五十パーセントって聞いて、遺伝したのが私じゃなくて助かったーって、実は思ったことがある。お母さんが聞いたらめちゃくちゃ怒るだろうね。不謹慎だって」

「わかるよ。お母さんが怒るのも、瑞穂の本音も。私だって貧乏くじだなって思うもん」

瑞穂の正直すぎるカミングアウトを聞いて、穂乃香は思わず笑ってしまった。

「ねえ、瑞穂」

手紙に触れると愛おしさが滾々《こんこん》と溢れてくる。後悔と苦しみの中で、それだけは限りなく透き通っていた。目を逸らすことを許さない清冽《せいれつ》さで穂乃香を照らしていた。

「彼を探して会いに行こうと思う。四年も経っちゃってるけど、四年も経ったからって言い訳して伝えずにいたら、また後悔することになるよね」

今さら、と言われてもいい。四年前の彼みたいに、他の誰かと一緒にいるのを見てすごすご帰ることになってもいい。格好悪くても、迷惑でも。

「自己満足かもしれないけど」

「私も探すの協力するよ」

「ありがとう。最初は自力でやってみる。もし無理だったら手伝ってくれる？」

依存はしない。でも、迷惑をかけることをもう怖がらない。


七年前に別れの手紙を出してからしばらくは、文字をやっと判別できるぐらいに視力は残っていた。悠斗の様子を調べようと思えばできただろう。それでも当時の穂乃香は絶対に彼を探さないと決めていた。未練を断つため、彼の住所も消してしまっていた。

七年の時を経て、見えない目で悠斗の足跡を探す。大海で細い糸を探すような作業だが、閉じた扉を開け、どこかに彼がいる海に自分を解放するだけで懐かしさが込み上げた。

最初にＳＮＳを当たってみたが、そこに彼はいないようだった。パソコンに向かい、音声読み上げ機能を使って検索する穂乃香の目に微笑みが浮かぶ。無精で天文学にしか興味がない彼らしかった。

大学の研究室名と彼の名前で検索をかけると、かなりの数の検索結果が挙がった。観測報告や学会参加報告がほとんどで、どこかに悠斗の名前が出てこないかと、それら一つ一つに必死で耳を傾ける。彼の名前が見つかると飛び上がってパソコンにかじりつき、何度も繰り返し再生した。

「すごいね……」

届かない声で語りかける。彼の足跡を見つける度に七年という時の長さを噛みしめ、彼のたゆまぬ情熱に胸を熱くした。ここにいる西島悠斗は、あの手紙を書いてくれた悠斗なのだ。

穂乃香の中で、悠斗は今でも楽しそうにロンの話をして笑うあの彼だった。トンカツが好きで、偏食気味で、カボチャが嫌いなあの悠斗だった。天文好きのくせに寒がりで、いつもリュックの中がごちゃごちゃで、朝起きるのが苦手で、たまに寝癖がついているあの彼だった。

でも、まっすぐに輝く情熱を持っている人だということも知っている。論文名はやはりどれも穂乃香にはさっぱり理解できない名前ばかりだ。それすらも懐かしく、泣き笑いしながら聞いた。

しかし悠斗が現在どこで何をしているのかという情報を探そうとしても、どれが最新のものなのかがわからない。

まさか海外に……？

手紙にもそう書かれていたし、南米チリでの活動報告が出てくると不安が募った。障害者の穂乃香が訪ねるにはあまりに遠すぎる。

ところがついに希望が持てる情報を探し当てた。どうやら悠斗は大学の研究所で研究を続けながら、プラネタリウムを制作・上映しているらしい。録音されたプログラムによる普通のプラネタリウムと違い、対象者ごとに映像を変え彼自身が生解説するのだそうだ。

検索を始めてから何時間が過ぎただろう。時刻はもう明け方近くになっていたが、穂乃香はパソコンにかじりついた。本業ではないので活動は不定期らしく、それも観測のシーズンオフに限られているようだった。やっと見つけた開催情報は去年のものだったり、まためるものは一昨年、それも遠い場所で開催された情報だった。画面上には雑多な情報が順不同に並び、悠斗にまったく関係ないものが多く交じっている。盲目のせいで情報を俯瞰できないことが何とも歯がゆい。

外で新聞配達のバイクの音が聞こえ始め、疲労と眠気で音を上げそうになった時だった。うとうとしていた穂乃香はパソコンから流れてくる音声にはっとして耳を傾けた。開催年月日は今年の五月。マウスを握り、何度も音声を繰り返す。場所は神奈川県で、学校連合会が主催する子供を対象にしたイベントのようだ。

ここに行けば彼に会える。ここに行けば、あの声をまた聴くことができる――。

穂乃香の頬に涙が一筋落ちた。七年の曲折を経て、消えかけた運命線が再び繋がった瞬間だった。

五月下旬の土曜日。穂乃香は白杖を持ち電車を乗り継ぎ、一人で神奈川県にあるプラネタリウム館を訪れていた。数時間かかる長い道中、目的地に近づくにつれ不安と緊張で胃のあたりがおかしくなってくる。彼の手紙から四年も過ぎている。すでに誰かいたら？少なくとも彼の気持ちは当然変化しているだろうと考えると、拒絶されても構わないと思っても足がすくむ。

横浜に着き、そこからさらに乗り換える。初めて行く駅は勝手がわからず、視覚障害者にはまごつくばかりだった。駅からプラネタリウム館までの道順でも迷ってしまい、かなり余裕をもって家を出たのに着いたのは上映時間ぎりぎりだった。

受付の職員は穂乃香の白杖を見て最初戸惑ったようだった。それでも職員はすぐに空席を探しに行き、出入りが便利なようにと一番後ろに席を確保してくれた。目視できない身には、うろうろと彷徨《さまよ》いながら空席を探すことが気持ちの上でもとても辛い。職員の気遣いがありがたかった。

場内はすでに照明が落とされ、暗闇になっているようだった。座席に着き耳を澄ませていると、マイクの反応を確かめる操作音が何度か聞こえた。悠斗がいるのだろうか？　穂乃香は固唾を呑んで開始を待った。

ふと心配になる。開催情報を音声で何度も確かめたつもりだが、本当に悠斗だろうか？　瑞穂に見せて確認してもらえばよかった。それとも都合が悪くなって交代していたら……。ありもしないことまで考え、見えない目を凝らし前方を見つめる。

その時、スピーカーから男性の声が流れてきた。

「みなさん着席されたでしょうか。まだ席を見つけられていない方は声で知らせてください」

さざめいていた場内がしんと静まる。乱れていた穂乃香の思考も鼓動とともに停止した。

「大丈夫ですか？　では始めますね」

波のように打ち寄せる感情の高ぶりの中で、瞼を閉じる。名前を聞くまでもなかった。低音と高音が同居する、優しく穏やかな声。この七年間、忘れようとしてもなお消えぬ声。紛れもなく、それは悠斗の声だった。

悠斗の声は続いた。

「昨年もこの会場で上映したんですが、それに参加された生徒さんはいらっしゃいますか？　いたら『はい』と声で教えてください」

場内のあちらこちらから声が上がる。

「続けて参加してくれてありがとう。宇宙に興味を持ってくれて、とても嬉しいです」

語尾が緩み息が混じるのは彼がはにかんだ時の癖だ。あの垂れ目の笑顔が好きだった。スピーチが苦手なところも。

「今日は四季の夜空を見ていきます。プラネタリウムというと普通は録音の音声なんですが、この上映では星空観察会のように僕が説明していきます。途中でわからないことがあったら、どんな質問でも遠慮なく、大きな声で合図してください。できるだけその場でお答えします」

素直な子供たちが大きな声で返事している。大学生の頃、悠斗は天文学について穂乃香以外にはあまり語りたがらなかった。今は天文学者としてもうすっかり板についている様子だが、控えめで素朴な口調は昔の彼を感じさせた。

「最初に自己紹介をさせてください。大学の天文台で研究を続けながら、こうしてプラネタリウム上映の巡回をやっている西島悠斗と申します。専門はX線光学という分野ですが、宇宙に関することなら何でも好きです」

それから彼は中高時代から現在までの経歴を簡単に説明した。穂乃香が知らない高校時代の彼、穂乃香が知っている大学時代の彼、そしてこの七年間の彼。彼の二十九年に、自分は何を残せただろうか。

「では、星空の世界に入っていきます。……今、僕たちの上に広がっているのはちょうど今の時期、五月の東京の夜空です。今日は天気がいいので、家に帰って夕ご飯が終わったら空を見上げてみてください。きっと同じ星を見つけられます」

天文学入門編ということで星と星座の解説から入り、恒星や惑星の種類、星の一生、観察のコツなどを交えて進められていく。穂乃香は息をするのも忘れ、ただ悠斗の声に聞き入っていた。

「にぎやかな冬の空に比べて、春は季節にふさわしく優しい光の星が多いですね」

春――五月のあの日、悠斗に躓いたことが昨日の出来事のように蘇った。床に座ったまま唖然として目を真ん丸にしていた悠斗の顔。時間にして一分もない出来事だったのに、あの日から悠斗のことが気になって仕方がなかった。

再び出会えた天文書架の通路。勇気を振り絞って会話したこと。悠斗の優しい眼差し。そのあと見上げた時計台が最高に綺麗だったこと。瑞々しい思い出が雨のように穂乃香の心に降り注いだ。

「春の大三角形を結んでいきます。しし座のデネボラ、うしかい座のアークトゥルス、それからおとめ座のスピカ」

きっと彼は手元の操作で星を指し示しているのだろう。

大学図書館のあの席で、星の写真を見せてくれた彼は指で星座を結んでくれたものだった。あの時、彼の指ばかりを見てしまって、すごく困ったんだっけ。

『三ツ星にも名前はついてるの？』

『うん。左からアルニタク、アルニラム、ミンタカ』

『最後だけ兄弟じゃないみたい』

ぎこちない距離。目が合った時の彼のはにかんだ笑顔。二人を冷やかすようにふわふわと揺れる白いカーテン、その上に広がる青い空。モノクロの過去に押し込めていた景色が色と光をもって蘇る。

「この頃になると春の夜空の東に夏の星座のさそり座が見えてきます」

プラネタリウムは春から夏へ、季節を変えていく。

悠斗についていきたくて参加した夏合宿。テニスの練習では、自分がまったく価値のないものに思えた。みんなの前から消えてしまいたかった。そんな夏をくすぐったい思い出に変えてくれたのは悠斗だった。穂乃香を熱心に励ましてくれた彼の笑顔。照り付ける太陽と煩《うるさ》いほどのセミの声、コートの土埃。劣等感と嫉妬、恥ずかしさと高揚。様々な感情と眩しい光に溢れた最高の夏。

『続いたね』

『すごく上手くなったよ』

悠斗の頑張りだけで繋がった、ラリーとは決して呼べないラリーだった。それなのに彼は汗まみれの顔で無邪気に褒めてくれた。

夏から秋へ、秋から冬へ、プラネタリウムとともに穂乃香の前に広がる景色も移り変わる。

穂乃香は初めてキスを交わした九月の窓辺にいた。シオンの鮮やかな紫が秋の日差しを浴びて風に揺れている。瞼を閉じる間際に見た彼の眼差し、秋の陽《ひ》に透けるやわらかな前髪。鈴虫に見守られた遊歩道で、冬の長野の銀世界で、一瞬の煌《きら》めきを一つ一つ追いかけるように恋をした。

『あの、順序が逆だけど、僕と付き合ってください』

のんびり屋の悠斗が照れながらようやく口にしてくれた言葉。

『好きだよ』

プラネタリウムを見上げる穂乃香の目は涙で塞がっていた。好きで好きで、はちきれそうな感情があの頃のままの清冽さで、抱えきれないほどの大きさで、穂乃香の全身を揺さぶった。どうしてこれを消せると思ったのだろう？

ハンカチで何度も涙を拭う。上映が終わったら悠斗に会って告げなければいけないことがたくさんあるのに、きっと自分の顔はみっともないことになっているだろう。

どのぐらいの時間が過ぎたのか、質疑応答を挟みながら季節を一巡し、いよいよプログラムは最後の夜空を映し出した。

「最後に見ていただくのは、僕が一番大切にしている夜空です。ある人にこの夜空を捧げたいという思いが、こうしてプラネタリウムを制作する原点でした。これからもずっと僕の中にあり続ける人です」

どんな夜空なのだろう？　ある人って……？　彼の手紙から過ぎた四年という年月は決して短くない。その間に彼に大切な人ができることもあるだろう。何でも受け止める覚悟はしてきたが、ハンカチを握る手が震えてくる。

悠斗が穏やかな声で話し始めた。

「流星群って言葉を聞いたことがありますか？　流れ星が特別たくさん観られる時期が一年に何度もあるんです」

もしかして、という希望を抑えながら彼の声を聴く。空が見えないのがもどかしかった。

「でもいくらたくさん流れるといっても、ほんの数秒で消える流れ星を見つけるのは大変で、一時間ぐらいは空を見たまま頑張らないと駄目なぐらい難しいんです。いつかみなさんに実際の空で挑戦してもらいたいですが、今日は流星群を再現したものをお見せします」

子供たちの歓声がわき起こり、星空が映し出されたことがわかる。

「もう流れ始めているので、僕の説明を聞きながら探してみてください。流星群でもっとも有名なのが三大流星群と呼ばれるもので、毎年一月に観られるしぶんぎ座流星群、八月のペルセウス座流星群、それから十二月のふたご座流星群です。今見ているのはそのうちの一つ。どの季節かわかるかな」

あちらこちらから上がるばらばらな季節名を聞き、マイク越しに悠斗が笑う。

「ヒントを出しますね。こと座のベガ、はくちょう座のデネブ、それからわし座のアルタイルが見えています」

穂乃香は「あっ」と叫びそうになり、思わず両手で口を覆った。

悠斗が選んだのは夏——ペルセウス座流星群だった。なぜ悠斗がこの流星群を選んだのか、もうわかっていた。

『願わくは、僕たちが見たあの星空が君の心の原風景になりますように』

穂乃香が見ることができた唯一の流星群。誰も知らないそれを悠斗は知ったのだ。

「答えは夏。八月のペルセウス座流星群です。コツはとにかく粘り強く空を見ていること。キョロキョロしないで、空全体を見ていることかな。今、皆さんの頭の上でペルセウス座流星群は一時間に数十個も流れる極大と呼ばれるピークを迎えています」

〝見えた！〟と叫ぶ元気な声が聞こえ始める。

しかし穂乃香の周囲には悠斗しかいなかった。夏草がざわめき、虫の声が世界を埋めていた。二人ではしゃいで駆け上がった坂道、見上げた空の深い色。

『西島君が静かだから、いなくなっちゃった気がして』

『いるよ。……ほら、いる』

照れながらしっかりと握り合う手。火照った頬に吹いた風。夜空に筋を描く一瞬の光。息もつけないほどに、次々とあの日の景色が弾け、押し寄せる。

光を失っても穂乃香の世界は暗闇にはならなかった。目で見えなくても、心は鮮やかに光と色を感じていた。どんなに消そうとしても、彼と見た景色のすべてが穂乃香の中で生き続けていた。そしてそれは二人で読んだネロの詩のように、新しい季節を刻んでいくだろう。

立ち上がった穂乃香の頭上には、思い出よりさらに輝きを増した夜空が広がっていた。

『ずっと彼と一緒に空を見つめていられますように』

あの日の願いは消えない。私たちは今、確かに同じ空を見ているのだから。

虫の声が夜風を揺らしている。

窓辺で脚立に腰掛けた彼女の膝には一冊の点字本が開かれている。真っ白なページを丹念になぞる細い指を、僕は眺めていた。

ふと彼女の指が止まり、黒い瞳が夜空を仰いだ。やわらかなその目に光の雫がこぼれそうに瞬いているのを見て、僕は思わず微笑んだ。

彼女の膝から点字本が滑り落ち、夢想から覚めた彼女が小さく声を漏らす。僕は立ち上がって本を拾い、元通り彼女の膝にのせた。

どの詩を読んでいたのか当ててみようか、と僕が言う。

この詩を読むといつも駄目なの、と恥ずかしそうに雫を拭って彼女が笑う。

それから二人で空を見上げた。

白いカーテンが風にそよいでいる。地上では虫たちが刹那の命を謳い、遠い空では星々が時を刻んでいた。

もうじき又夏がやってくる
新しい無限に広い夏がやってくる――

本作は書き下ろしです。
本作品はフィクションです。実際の人物や団体、地域とは一切関係ありません。

TO文庫

見えない星空に最後の恋が輝いている

2023年2月1日　第1刷発行

著　者　白石さよ
発行者　本田武市
発行所　TOブックス
〒150-0002 東京都渋谷区渋谷三丁目1番1号
PMO渋谷II　11階
電話 0120-933-772(営業フリーダイヤル)
FAX 050-3156-0508

フォーマットデザイン　金澤浩二
本文データ製作　TOブックスデザイン室
印刷・製本　中央精版印刷株式会社

Printed in Japan ISBN978-4-86699-756-8